吴笛

女

巨蟹座

1988 年 7 月 16 日出生

2003 年获第六届全国新概念作文大奖赛一等奖

2004 年获第七届全国新概念作文大奖赛一等奖

最喜欢的文学形式：宋词

最喜欢的词人：李清照、李煜、苏轼、辛弃疾、柳永、晏殊、晏几道（按姓氏笔划为序）

最喜欢的作家：鲁迅、金庸

最喜欢的书：史记

最喜欢的颜色：粉红

最喜欢的演员：陈道明

最想去的地方：2000 年前的中国

最惨的事：中考语文成绩全校倒数第一

最喜欢的乐器：古琴、编钟、云锣、横笛、扬琴

最经常游览的网站：google、baidu、chinaren、hotmail

长篇玄幻小说

刹那一光年

吴笛◎著

当代世界出版社

责任编辑：王峥崎
封面设计：大象工作室

图书在版编目（CIP）数据

刹那一光年／吴迪著－北京：当代世界出版社，2005.5
ISBN 7-80115-948-9

Ⅰ．刹…　　Ⅱ.吴…　　Ⅲ. 长篇小说－中国－当代
Ⅳ.I247.5

中国版本图书馆 CIP 数据核字（2005）第 037891 号

出版发行：当代世界出版社
地　　址：北京市复兴路4号（100860）
网　　址：http://www.worldpress.com.cn
编务电话：(010) 83907528
发行电话：(010) 83908410（传真）
　　　　　(010) 83908408
　　　　　(010) 83908409
经　　销：全国新华书店
印　　刷：北京才智印刷厂印刷
印　　张：8.125
字　　数：120千字
版　　次：2005年8月第1版
印　　次：2005年8月第1次
书　　号：ISBN 7-80115-948-9/I·184
定　　价：18.00元

1

　　拿到成绩单，扫视了一下，又是班级倒数，不想再多看一眼，匆匆忙忙捏成一小团扔到书包里。过一会儿成绩曲线图也发下来了，从开学到现在成绩直线下降，从三十几名退步到四百多名。老师说，两张东西都拿到的同学可以回家了，不要忘记明天家长签好名带过来。一考完试我就知道会这样，但是仍然很难过。有一种感觉，世界好像突然被笼罩了一层灰灰的颜色，每个人都变得可恶。我不想回家。可是我也不想在学校里久留，看到这里的任何人，都觉得是莫大的讽刺。于是我背上书包在街上漫无目的地逛，又怕迷路，只好在家的附近来回地走，一条路走上五遍八遍，直到一个小时以后，妈妈发短消息给我了，你干吗还不回家？我知道我必须要回去的，所以马上她就会是我的敌人，不知道回什么好，干脆不回消息了。过了一会儿，又一条消息，你在干什么？是沫儿发来的。我回，马路上乱逛，我还没足够的决心回家。她说，你回去吧，天都黑了，该面对的总要面对，过了这几天就会好的，毕竟是爸爸妈妈嘛。是啊，该面对的总是要面对的，逃也逃不掉。肚子是有点饿了，唉，回家吧。

　　硬着头皮回到家，妈妈劈头盖脸地说开了，那么晚回来干什么去了啊，发给你消息怎么不回啊，手机给你是用来和我们联系的，就知道和同学发消息，当心我把你的手机收掉……我没话说，是我故意不回的，

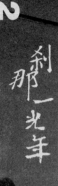

刹那一光年

她没追究为什么晚回家我已经谢天谢地了。

吃饭了，诺儿，盛饭。爸爸在厨房里召唤我了。一个冷冰冰的声音，也许是心理作用吧。

你这小孩一叫你做事你就发呆，越来越懒了。快点盛饭呀。如果是叫你去玩呢？快得要死。怎么养了你这样一个小孩，帮家里做一点点小事都拖拖拉拉不肯做……妈妈开始发牢骚了。在我还比较小的时候我经常要把自己的委屈和理由都说出来，但是发现结局总是引发争吵并且被认为是狡辩。所以我已经练就了绝对好的忍耐力，任爸爸妈妈说再多的话我不吭声就是了。有时候他们说的话会很难听很无理取闹，但是我不想和他们吵。而现在唯一的办法就是快点盛好饭堵住他们的嘴。

怎么样？成绩出来了吗？吃饭的时候他们问我。看到爸爸妈妈期待的眼神，原本在外面一个多小时酝酿出要说成绩的决心立时无影无踪。于是挤出一个不以为然的表情，说，还没呢，明天也许也出不来，批卷子都很慢的。

我认为孩子生来就是欠了父母，就算父母从此什么也不做，光养育之恩就够报答一辈子的。事实却总是反的，孩子长得越大，欠得越多，却无以回报。大恩不言谢，我就这样安慰自己。

但是，这样不出色的我，又离他们的期望差得太遥远，每次想起，我都会有种世界末日的眩晕，实在太无助，没人帮得了我，只有我自己。战胜不了自己的惰性，就一任堕落，我对生活无奈地逃避，生活给我重重的打击。明明知道恶性循环，可是已经身陷其中，无法自拔。

痛苦是一如既往的，它推动着一个沉浸在痛苦中的未来，周而复始。我一天战胜不了自己，这个早已形成的结构就越加坚固，不可摧毁。我将这一切看得一清二楚，可是我无能为力。

然后三个人都不说话，默默地吃饭，我觉得有点心虚，于是开始在脑子里搜索有些什么事可以讲。可是我挖空心思就是想不出事情来，即使是鸡毛蒜皮的小事也没有，因为一整天大家都沉浸在分数和名次里，平静得毫无生气。人们拿着计算机计算自己的总分来推测自己可以考什么学校，仿佛眼前这次考试就一定是标准了。还有很多的人挤到办公室里问老师自己的名次在整个区算什么水平，或是争辩这一分不该扣，好像加一分自己又高许多人一等了。我莫名地厌恶这样的人，虽然不是很恰当，总觉得他们很像那些看重功名利禄的小人。不过，想来功名利禄心和上进心仅一步之遥，我分不太清楚。但其实到了高三了，这种分数啦名次啦早就不重要了，高考过后，谁还来注意某一次不知名的测验或者模拟考呢？不知道，也许是我没有上进心。

※ ※ ※

回到自己的房间，我松了一口气。倒好，吃饭的时候没再说起成绩的事，不过今天我怎么干什么都要被骂，一个很小的举动就可以引起长篇大论。不去想它了，休息一下吧，在地板上放肆地躺成大字形，凉凉的感觉给我降温，一天下来累死了，这样最放松。哎呀，诺儿啊，你怎么又躺在地上，跟你讲过多少遍，地上总归是脏的呀！起来起来。妈妈又来了。可是，可是这个地板太舒服，我实在是不想起来。这一念之间，妈妈又跳起来了，你这小孩怎么那么不听大人的话啦。叫你起来还躺在地上，是不是大人叫你做什么你就不要做什么……够了，我还是起来吧！

隐约听到爸爸妈妈在厨房里讲话，夹杂着哗哗的流水声和盘子筷子叮叮当当的声音。语气似乎比较亢奋，是在吵架。吵起来了更好，我就可以乘虚而入蒙混过关了。我暗暗地庆幸，一边开始打着自己的如意算盘。我兴奋地发消息给沫儿，你知道吗，我爸爸妈妈又吵起来了，今天又没有人管我了。她回，是啊，你今天可以逃过一劫了，可你还是要劝劝他们不要吵了。我心里想着，没关系，他们一直吵吵停停的，也没见有什么大不了的事。再说，我还巴不得他们离婚呢，那样就更没有人管我了，我就自由了，而且还能清净。我没有跟沫儿说，因为我觉得她不会懂，她父母那时是和平离婚，不像我，父母总是吵，真的不如离婚。她说过很多父母离婚的坏处，但是我却固执着我的想法。

你越来越不把家当一回事了对不对，什么要出去住因为要研究一级文物，你倒是把那破东西拿来给我看看啊，我就不信了，一把生锈的破剑算什么一级文物啦。你老实说吧，外面有女人了对不对？哼，本来就天天很晚回家……

什么天天很晚回家，我今天这叫晚吗？你不要血口喷人好不好，真的是珍贵文物呀。不能让我带回家的我怎么给你看啦。

你不要越编越离谱了，可能吗？你骗小孩子小孩子也不会相信的。还说没有晚回家，你说，一个礼拜你有几天回家吃晚饭的？你说啊。

你就知道斤斤计较，女人真是不懂道理，这是工作，研究所的任务。如果泄露出去，意味着什么你知道吗你。怎么别人的老婆都懂得识大体，都同意，就你烦呢！

好啊，我不懂，就我是没文化没气度的小女人，行了吧？可是人家有像你一样天天那么晚回家，一回家不是看电视就是睡觉的吗？

……

我不想听了，每次吵到后来就这几句话，矛盾显而易见，可是他们就不懂得去解决，去理解。不过这一次好像又有点不大一样了，什么叫"要到外面去住"？

……

不管怎么说，我明天就要和大家一起走了，这是不可改变的。

是啊，你看看你是多么高尚多么伟大多么勇于奉献的一个人啊！可是有人来注意你了吗？

你真是肤浅透顶，无药可救。

我不想和你再多说一个字。

这样吧，我们来把离婚的事情谈一下。

刹那一光年

好啊好啊，这两个字你也能这么容易就说出来，你早就想说了是不是？先讲清楚，诺儿跟我。

……

我已经懂了，并且傻了。他们不会是认真的吧，应该不会吧。他们每次吵，都会说离婚之类的话。可是为什么这次我有一种大势已去的感觉，好像爱到尽头，覆水难收，无法挽留。我突然很害怕，生活里只有爸爸没有妈妈或者只有妈妈没有爸爸是什么样子的？我跟沫儿说，我听到他们说要离婚，会是真的吗？其实问了也是白问，她当然不知道。连我都不是很清楚。回想起来，他们能吵成这样，是积累了很多对对方的不满才爆发出来的。还有最重要的——这一次爸爸是真的要离开很长一段时间。我开始想去劝架了，可是我讨厌接近厨房。好像那里是一个火炉，里面有两个炙热的火球，拼命地燃烧，想要让自己的热量压倒对方。那是两个无可救药走火入魔的火球，谁接近了就立即被烧死。可是我不一样，我必须去，不然我会后悔的。想到这里，我突然觉得浑身都是力量，我要去。

你们别吵啦！我竭尽全力吼了一声。果然，顿时，世界清静了。正在我很有成就感的时候，爸爸狠狠地摔出手中的抹布，啪地一声抹布掉在地上，样子很无辜。说，你小子还有脸到这里来，你都考了些什么分数啊，别以为你不说我们就不知道。哼！妈妈也过来，指着我的鼻子，说，你不是说这次一定会考得好吗？你有丝毫的进步了吗？哪怕是停止退步也可以啊，你想想看你现在已经到什么地步了。还有几个月就高考了，你自己还一点都不急的，我们都已经为你急死了。你怎么那么不用功啊……我看着她的手指在我的眼睛前挑衅地晃来晃去，很是气愤，我实在想伸出手去把她的手指拨开。我知道不行，这样会加剧这场混乱的家庭战争。突然觉得很委屈很委屈。他们竟然打电话问老师我的成绩，他们对我一点信任都没有了，我还在想着怎么可以让他们少伤心一些。

我正在努力啊，真的，其实我一直都在努力。虽然我还没有搞清楚为什么要读书，但我还是逼着自己去学，我读书完完全全为了父母，一

刹那一光年

点都不夸张，我只是不想让他们的期望和心血付诸东流，不想看他们为我伤心难过。我不敢承认自己在努力，因为我怕努力了没有结果。这样我会觉得自己笨，失去信心。唉，有时候，我认为我是个惟恐天下不乱的人，比如现在我就想，如果现在打仗该多好啊，如果打起仗来了，一家三口人一定会紧紧地靠在一起，淋漓尽致地感受亲情，甚至是最后一刻的生死相依。

现在我终于敢面对现实了，现实就是我那个装信心的盒子是漏的，当信心已经全部漏光的时候我还在自欺欺人小心翼翼地呵护着那个盒子。现在我已经是一个彻头彻尾的弱者了，战胜不了任何东西，因为我本身就是四分五裂的。像现在，爸爸妈妈团结起来把矛头指向我，我是要欣慰呢还是要委屈呢。他们不停地说啊说，也好，爸爸妈妈也是压抑的，宣泄感情，这样也许对他们来说是一种享受。我就忍受他们的享受吧。

小说的确是很难写啊！

还没开写，先被爸爸妈妈拉到杭州去。虽然不是很好玩，但是总比在家里对着计算机发呆好，有的玩我总是来者不拒。于是我就上了钩了，之后的日子里他们就常常以"带你出去玩过了"作为"要好好写"的理由。

一路上我就苦思冥想着该怎么写。在杭州的苏堤白堤上走着也在想。可是西湖的诗意并没有给我带来灵感。

一天爸爸和同行的叔叔说要开车到山里去寻找农家饭馆。顺便说一句，似乎像爸爸这样年纪的男人都喜欢吃萝卜干咸菜泡饭之类返朴归真的东西。就如王菲的红豆里唱的，等到风景都看透，也许你会陪我看细水长流。他们便是吃腻了山珍海味回头来发现还是家常便饭合乎口味。

到了那山里发现其实还是有景点的。广告牌、售票处、小卖部、停车场一应俱全。只不过一个人都见不到，景点的大门也紧锁着。可能是因为刚下过一场暴雨的关系吧。我们下了车往前走，发现有一个小鱼池，里面用网罩着养了两条肥肥的河鲫鱼。再走两步是一个鸡笼子，里面有两只活蹦乱跳的母鸡。大家开玩笑说今天的晚餐在哪里？今天的晚餐在这里。

再往前就顿时荒凉了。一条路两边都是高高的山，路上很多又大又硬形状各异的石头横七竖八地挡住了我们的去路。像是刚才的暴雨造成了一次山崩，当然啦，是非常小型的那种。路边停了一辆车，里面没有人，周围的情形也不像是能走路的。路边杂草丛生，四周寂静无声，很像聊斋里的情景。我脑子里开始编故事，等我们再一回头，车子不见了，不久以后我们得知那个车牌号根本不存在……

我低下头看到一个很大、很鲜艳的虫子在脚边爬，打了个冷战，心想不会是那车主人的化身吧！于是央求大家可以回去了，还是不要自己吓自己了。

我们停车的地方相对来说还是很繁华的，刚刚被大雨淋洗过的竹林格外清新。我顿时有了灵感。虽说和这次算不了奇遇的奇遇没多大关系。所以才叫踏破铁鞋无觅处，得来全不费工夫。

刹那一光年

我抬起头来，你们讲完没有？我可以去做作业了吗？

哼，想逃了是不是，现在倒知道做作业了……

其实我真的没有这个意思真的没有这个意思。不过我没有告诉他们。我静静地听他们讲完漫长的结束语，得到批准，回房间去了。我想，也好，至少他们之间不吵了。我挺满意的。

好长时间了，厨房里一点声音都没有，怎么回事啊。不会是开煤气自杀吧，夫妻吵架自杀同归于尽的事件很多的，我又开始担心起来了。蹑手蹑脚地到厨房门口，门关着，我把耳朵贴在门上面，只听到隐约传来啜泣的声音，还有叹气的声音，我猜到了。他们一定是说累了，回头想想不应该，又难过，只好相对无言，惟有泪千行。奇怪，这样的场景好像在哪里见过。不管了，总之我可以睡觉去了，今天已经累死了，明天还要上课呢。

　　睡不着。我渐渐感觉这个无比黑暗而冰冷的夜晚开始慢慢地挪近我逼近我。每一秒被拉成无穷大，令我难熬。我被一种金属的冷感包围，不知道自己是否能熬过这个夜或者会像中东的恐怖分子一样自我爆炸。我只是静静地想着。

　　爸爸妈妈要离婚，即使不离婚，天天吵也没办法过日子，又怕自己也和他们吵起来。每次考完试，总难免要吵一架，讲来讲去就这么些话，你为什么自己不着急，你为什么没有上进心，你为什么这么不听话，你为什么这么不懂事，我们怎么会养出你这样的小孩……想到就委屈，我真的不是不着急没有上进心不听话不懂事的孩子。然而他们固执地像一块铁，搞得我不想回家。家是一个战场，是我的伤心地。而造成这些的正是我至亲至爱的父母。

爱情，到底是不是我们这个年龄可以拥有的东西，我真的是很迷茫。大人们总说万万不能，好像它是什么毒品一样，可是事实证明有很多人触摸了它不但没有丝毫损伤还尝到了甜头。大人们又有话了，不过要分两种情况。如果那人比我优秀，那就是，人家成绩好有自控能力，你不行。如果那人不如我，那就是，你怎么就会跟这种比你差的人比，真是无药可救了。以前，我也并没有对此很感兴趣，但是现在不一样了，我不知所措了。我知道这样不好，要得罪家长老师要被嘲笑幼稚要整天魂不守舍，可是已然如此，我不知道该怎样忘却怎样掩饰怎样进退，也不知道有谁可以帮我。本来我只跟沫儿说我的烦恼，也只有她理解我，在大家都忙着自己的时候，她会抽出一点空间来让给我。然而我的奢望，在这样一个把人压得喘不过气来的学校里，是天方夜谭。更何况，落花有意，流水无情。我不知道要不要跟她说，只是像这样的一件事在心里就好不舒服，睡觉怕会说梦话，醒着怕控制不住，不说怕失去，说了怕失去得更快。身体里像放了一条兴风作浪的恶龙，随时可能发作。

刹那一光年

从小到大，我一直会做奇怪的梦，梦里有一个和我一样也叫诺儿的男孩。他好像生活在古代，梳着奇怪的头发，穿着奇怪的衣服，住在邯郸城郊。我们似乎是一起长大，我小的时候他也小，我长大了他也长大了。我记得最清楚的是我过10岁生日那天，晚上我梦见那个诺儿的妈妈给他煮了一碗鸡蛋面，并且对他说，诺儿啊，你已经10岁了，娘真高兴。有时我会梦见他和他爸爸一起出去种地，和父母一起干活、吃饭，有时也会梦见他和他妈妈发生争吵。总之他们一家人一直都在一起，其乐融融，只是我却从来没有看清楚过他们的脸，包括那个叫诺儿的。再后来好像就是去年，有一天晚上我梦见他家里突然冲进来一个人，说，陈老爷子，前线需要增兵，你决定一下是你去还是你儿子去，明天我来听你的回复。然后就是他妈妈一直不停地流眼泪，爸爸站在窗边望月。再后来他们全家匆匆忙忙地连夜到了秦国。前些天我梦见诺儿他们全家又搬回了赵国。诺儿的爸爸对他说，死也要死在咱们自己的国土上。人活着，总要有爱国的心啊！我曾经想过为什么我总是会梦见同一个人和他的家庭，并且在梦里，他和我一起长大。但是梦，总是最说不清道不明的东西嘛。本想到弗洛伊德那里去问问，翻了几页老伊的《梦的解析》，就想睡觉，太抽象复杂，看了就晕。

昨天我又梦见他了。我梦见他的父母都死了，他在墓旁哭了三天三夜。

天一亮，又开始新一轮的搏斗了。没有任何的喘息，哪怕只有一天也好。心里还有一张成绩单像个魔咒一样地在阴魂不散，那是一个很可怕很可怕的紧箍咒，一想到就浑身冒汗。

现在是考试后上新课的第一个早晨，我已经能够想像得出，满桌的书和卷子，满黑板密密麻麻的字，满头的大汗和满脑子的乱七八糟。世界变得满满满满，装不下了溢出来，各种各样的东西朝我冲过来，以一种排山倒海无可抵抗的气势。我想拔腿就跑，可是跑不动。我被很多东西困在这个热火朝天焦头烂额乌烟瘴气的小地方，因为它是我的亲情、友情、爱情所在，我不值得为了自由抛弃这一切，这样，纵然是自由有了，也没有用了。飘飘何所似，天地一沙鸥。天地如此广阔，但正是这种广阔，亦可以称之为寂寞。也许我便是这样瞻前顾后地抛不开一些俗事，有人说我这样干不了大事。那又怎么样呢，干大事的人往往高处不胜寒，孤家寡人。我不能，便不强求了。爸爸妈妈一直说我没有上进心，可是我觉得，还是实际一点比较好。

下午考政治，人特别困，写到问答题的时候竟然睡着了，还做起梦来，梦见被送进了医院里。还好很快就醒了，发现卷子上歪歪扭扭地写着"诺儿、战争、赵国……"等字样。晕死！

得了几张漫画展的票子，大热天的召集了几个不太情愿的同学风风火火地往东方明珠去了。里面人山人海，本来六个同学走散成了三组。本来就对漫画不感兴趣，看也看不懂，只为了对得起这几张票子，在里

刹那一光年

面逛了一圈又一圈，迷路了出不去。我就和同学聊起天来。

我说，我在写小说，你有没有什么乱七八糟的好玩一点的事给我写？他说，你要什么事？我说，你大帅哥还能有什么事，比如有没有美眉追你追得跳楼上吊？他很诚恳地说，哦，情书倒是有过一封，不过被我撕了。我说，为什么？这可是人家的一片心意，你怎么这样。怕被发现？又不是你喜欢人家，人家喜欢你关你什么事啦，你又没办法的啰。他说，不是的，是因为那里面有三个错别字。那么神圣的东西怎么可以有错别字呢？我就撕了。我听了之后哭笑不得，也许这已经是件很好玩的事了。

※ ※ ※

女生们在课间的时候总爱讨论小时候吃过的稀奇古怪的现在已经消失了的东西，她居然还记得小时候一个老头扛着一口葫芦一样的黑锅，走街串巷。将米变成白白的爆米花。还有两根冰棒棍，加一团半透明的糖稀。一毛钱一团，搅一搅，拉一拉，现在想来很不卫生，不过不干不净吃了没病。还有最最不可思议的一勺勺的糖进去，一团团棉花状出来的棉花糖。还有"果丹皮"、"酸梅粉"……

我看见沫儿坐在她们中间：长长的一条，用红一半白一半的纸包着的那种泡泡糖你还记得吗?小时候吃泡泡糖，能吹那——么大!沫儿比了一个夸张的手势，嘭!爆炸的时候，我的脸和头发全完了!

　　我看到沫儿的时候，有一种感觉，怪怪的。好像她是上帝给我的最后一缕阳光，好像除了她我再也想不起第二个人可以聆听我讲我的忧愁，好像，我喜欢上她了。不，不是的，我不知道。是不是人在失意的时候就会去寻找心理安慰，是不是沫儿就是我找到的那个安慰，我不敢肯定。至少我清楚，现在我认为唯一可以作为安慰的，也只有她了。也许那就足以证明什么。其实回头想想，亲情、友情、爱情，这些我被绊住的东西，我还剩多少？

2

　　现在历史课真是越来越无聊。历史老师最喜欢说：这个这个啊，这个这个啊。搞得我们一听他"这个"的时候就一起"啊"起来了。今天我们班一个男生没交作业还说话，他特别生气，拿起大本历史书就砍，差点砍到了坐在后方的同学，看来他是被气急了，大声喝道：我要是你儿子我早抽你了！顿时，班里众同学皆无语……

　　我突然想起一件事。发个消息给彩彩。

　　你刚才下课的时候干吗啊，朝我摇头。

　　哈，你发呆发好啦，如梦初醒啊。大难临头了还不知道。

　　什么啊，你别咒我。我就知道，问你准问不出个好事来。

刹那一光年

怎么说话的你啊，我没诅咒你啊，杜老师刚才找我，问我你跟沫儿是不是有什么不正当关系，他已经开始怀疑你们啦。

啊！那你怎么说的？你不会落井下石吧？

7，你别把我想得这么坏好不好。我跟沫儿是什么关系啊，我竭力为你们辩护哦，你竟然这样想我，伤心死我了，好心当作驴肝肺。

是吗？那倒是我以小人之心度君子之腹了咯？对不起啦，大小姐。

彩彩的一番话倒提醒了我了，也许我有流露出什么但是自己没发觉，可别害了沫儿。心里一阵迷乱，其实我有点希望真的有些什么的。

整节课整节课地胡思乱想，又荒废了一天发奋图强的好时光。这是最后一节课了，上完就可以回家了。我就是在学校里算着回家的时间，在家里算着去学校的时间。对着手表一秒一秒地数。突然有种失落，我的人生就这样一秒一秒一分一分地流逝，过一秒少一秒，过一分少一分，可以说，是浪费。

纪沫，到我办公室里去一下。哇，来得还真快。我听到杜老师喊沫儿的名字，脑子里空空如也，只有两个字——完了。

已经一个小时了，楼上办公室里一点动静都没有。学校里人都走光了，天色也暗了下来，不知道阿杜在里面跟沫儿讲了点什么，竟然讲那么久，也不知道沫儿会不会难过。算了，还是回去了之后再发消息吧。不然万一阿杜和沫儿一起出来看到我了就不好了。那可真的叫跳进黄河也洗不清啊。

沫儿，今天杜跟你说些什么啊？

他就说看上去我们两个比较好，究竟是什么关系他不清楚，但是有则改之无则加勉。

噢。我在教室里等了你一个小时你都没下来，担心死我了。

你等我干什么啊。

我反正不想回去嘛，想知道他找你干什么啊。

没事的，他自己也说他不太肯定，别担心了。对了，今天你爸爸妈妈怎么样了？

也没什么，两个人一句话也不讲。就是家里太安静了，憋死我了，快窒息了。

哎，我们离家出走好不好，明天就走好不好？

啊？你怎么也有这种想法。

我老早就有这种想法了，马上要高考了，我一点信心都没有，好害怕的。

哈，好啊，那就一起走吧，我早就想走了。

要留家书的吧，我准备今天就写，我们晚上住哪里啊？

露宿街头好啦，说不定人家还会给我们扔点钱呢！

那不行，要冻死的。

总不见得住宾馆吧，钱不够的，除非我们住一个房间，哈哈……

刹那一光年

哼，谁要跟你住一个房间，那还是冻死的好。

那你冻死吧，我可不会救你的。

好，你坏好了，不睬你了。

不要不要，是我不好行了吧。那就住在地铁里好了。

地铁里有协管员的，会被赶出去的。

我还是觉得地铁里好，可以躲过协管员呀！

好吧好吧听你的。已经很晚了，明天还要上课呢，早点睡吧。

嗯，好，晚安！

晚安！

是该睡了，每天晚上睡觉是一天里最幸福的事情。我把头钻进被子里，就像钻进一瓶满满的黑暗，很有安全感，觉得这样就没有人看得到我，没有人找得到我。虽然我知道这个举动无异于掩耳盗铃，但是没关系，要的只是这种感觉，至少我还没有到无处躲藏的地步。所以夏天的时候我一直坚持要盖厚被子，然后把空调调到15度。妈妈经常会皱着眉头骂我神经病以示不满，对此我认为是原则性问题，不予理会，因为这是我最后的一点享受了。

妈妈突然把被子掀开来，一下子把手机抢过去，说，那么晚还不睡觉，原来又在发消息，我终于知道你成绩不好的原因了，谈恋爱了是不是，让我来看看。她竟然就看起我的短消息来，其实本来也没说什么不好的东西，给她看没关系的，只是我觉得她这样埋伏了很久然后突然袭击然后公然要看我的隐私是件很耻辱也很讽刺的事情，不但没有丝毫的信任，还蛮不讲理。于是我跳起来去抢，我说，你不能看。她把手机迅速地换到另外一个手上然后继续贪婪地读着我手机屏幕上的字。突然她把手机一扔，说，好啊你小子要跟人去私奔对不对，你说话啊，那个沫儿是谁？哼，你不说我就会不知道了吗？幸好我今天看你的手机不然明天你们就已经走了是不是？我终于受不了了，我说，你有病！这当然开开玩笑的。你也不想想，可能吗？她说，这有什么不可能，我觉得你这小孩现在什么事情都做得出来。于是我觉得没话说了，太不可理喻。我重新回到床上，把被子从头蒙到脚，任她一个人在外面发羊癫。我知道这样说很不好，不过火气真的很大。

※ ※ ※

一觉醒来，想了想，日子还是要过，今天阿杜可能要找我谈了。我倒是很想跟他理论理论，干嘛没根没据地跟妈妈说我谈恋爱，他不是跟沫儿说他不太肯定的吗？我突然想起昨天梦里的一个眼神，那个眼神里满满地盛着忧郁，多得要溢出来。

一个人走在路上，总会想点问题。我这人脑子经常很乱，想很多想不通的问题把自己整个人打一死结。或者想像着会不会踩到一个东西就是开启了一个什么机关，得到一种魔法或者进入另一个全新的世界，或是，改变我毫无新意的生活。然而这样的事终究没有发生。

刹那一光年

　　昨天的梦，除了忧郁的眼神，还有一种感觉，兵荒马乱，昏天黑地，他在哪里也不清楚。不过这样的梦也启发了我，如果我们现在也打仗，那就不用读书了，少了很多的烦恼了。而且打仗的时候一家人凑在一起逃亡，也不会有吵架。也许打仗真的比现在好，至少知道自己在干什么，自己的目标是什么，知道活着就是一种满足，那就够了。我经常这样想。

　　同学们聚在一起经常会说希望打仗之类的话，虽然大家心里都明白。但是其实我的心里不是很明白的，我觉得打仗也有好处的，当然不仅仅是不用读书那么简单。不知道是不是很反动很幼稚。

　　记得初中的时候伊拉克打起来了，我们因为住宿，学校规定不准出校门，但是有同学从广播中听到了新闻，就几个人爬墙出去买报纸看。回到学校的时候到小卖部去买水喝，营业员阿姨看到我们手上拿的《新民晚报》，立即向我们借去看。我们非常乐意地递了过去，心想刚买回来就有了利用价值。结果那个阿姨喊了一句话我们就昏过去了，她说，报纸上说明天不下雨，多云。原来她跳过头版头条大大的黑体字"美国与伊拉克正式开战"不看，却更加关心第二天的天气预报。

　　接着我们到了晚自修教室，把买来的各种报纸放在讲台上。当即有同学冲上去站到讲台上开始读报纸，然后下面的同学兴奋地议论。大家都热血沸腾地围在讲台四周猜测着萨达姆的命运，教室就像是个防空洞，大家讨论着战略战术。

　　我不记得是过了几天还是当天，我和一个同学打赌，他说不出6个礼拜萨达姆一定被抓住。我说一定抓不住。输的人钻桌子。后来就正正好好6个礼拜一天不多一天不少。两个人都不肯钻桌子，谁也说不过谁。

　　还有一次是高中的时候了。上体育课的时候，有一架飞机在绕圈子巡逻。起初我们不知道，以为是开过去好多飞机，同一出发点同一降落点的很多架飞机。大家就喊着，号外号外大陆和台湾开战了。北京上海广州的中小学生一律停课等待战争结束……后来发现是一架飞机在绕圈子之后，只好灰灰地说，唉，苦命娃子回去念书吧，仗不打了。

　　一到学校，还没坐稳，突然，彩彩就冲进来，大喊大叫，诺儿啊，你知不知道沫儿又被找到办公室去啦，好像又是关于你们两个的事。

　　顿时慌了神，坐立不安起来。

　　过了一会儿有个隔壁班的同学抱着一叠书走到门口问，你们班谁叫陈诺？你们班主任让过去一下。

　　……

　　完了。

　　我看到沫儿站在阿杜的办公桌前，有点心疼。我承认，动过歹念，可她真的是无辜的。不过，心里也存着一丝甜蜜，能和她共同面对难关，也是一种悲壮的荣幸。

　　我看到沫儿的眼睛里，闪动着无尽的忧郁，就是梦里那个眼神，很像。霎时间，我觉得自己真该死，害她那么难过。

死不承认。好，你们两个人现在去打电话，叫家长过来一下。阿杜挥挥手，一副誓不罢休的样子。

沫儿迟疑了一下，她一定是在想叫爸爸和阿姨还是叫妈妈和叔叔。我爸爸妈妈还算没有离婚，不过也差不多了，但是在我的事情上，他们总是超乎寻常的团结。我有点怕了，真想像不出他们会是什么样的反应，何况昨天晚上妈妈已经自认为找到证据了。不管怎样，在沫儿面前，我要勇敢坚强义无反顾所向披靡。

远远就看到两个火球气势汹汹地滚滚而来，像是要一鼓作气把我歼灭。我倒抽一口冷气，佯装镇定的样子。沫儿的爸爸妈妈都有事脱不开身，所以没有来，阿杜要把整个心思都放在我这里了。不过也好，一想到自己把阿杜对沫儿的火气都揽过来，顿感自己伟岸了几分。

杜老师，你好你好，诺儿又给您添麻烦，真是太不好意思了。脸上带着僵硬的笑，用词还很客套，语气却是咬牙切齿。

哪里哪里。这次叫你们来的事情其实你们已经了解了，就是陈诺和这位女生的事。他们两个都不承认，但是我看他们最近走得非常近。我的原则呢，还是有则改之，无则加勉，希望你们家长能多多配合，这样我相信陈诺的成绩也会提高。你们说对不对？

对对对，他还不承认吗？杜老师，我昨天晚上已经发现他躲在被子里发短消息，在和一个女生商量私奔的事情。杜老师，这个同学是不是叫沫儿啊？

哦，她叫纪沫。他们竟然商量这种事么？其实呢，到底是不是真的，这都没有什么关系，最重要的是现在如何改进。受不了，口口声声像是在为我们辩护，其实还是在变着法子的贬我们。只觉得背上一股凉飕飕的冷气直往上冒，这老师煞是阴险。

是是是，要改进要改进，我们一定会督促他不再和这个小姑娘来往，绝对不让他们有私奔的机会。

他妈的，我终于忍不住了，一口一个私奔，有病啊！我突然豁出去了，跳起来吼，我警告你们，我们没有要私奔，没有任何不正当的关系，你们太过分了，不把事情弄弄清楚就妄自下结论，还说得像真的一样。杜老师你自己也说了，并不认为就是真的。我们的关系是比较好，但我们是朋友，不是你们想的那样。而且，真正谈恋爱的人，不一定要时时在一起的，不能看平时哪几个走得近就认为有什么关系，你们这是愚昧、无知，无端猜测，有病！

一口气说了那么多，我的怒火快要把我发射到天上去了。

这这这是怎么回事啊？阿杜大概没见过这样义愤填膺的，傻了，说话也不会了。哈，真解气，平时您不是特能指桑骂槐笑里藏刀的吗？爽！

办公室里的老师都站了起来，看着这里，有些本来在旁边的学生也纷纷被赶出了出去。办公室里一片骚动，大家都指指点点。阿杜的脸色难看到了极点，我他妈真得意啊，你杜老师也有今天，哼！

爸爸举起手要甩我耳光，说时迟那时快，我抓住了他的手腕把他

刹那一光年

的手固定在了半空中，接着慢慢松开手，抬起头来对着爸爸妈妈和阿杜狠狠地扫了一眼，夺门而出了。一路上大家都停下来给我让道，用敬畏的眼光看着我。我觉得好傻，好像哗众取宠。真想刷一下从这个世界上消失。回想刚才的事情，倒是又很佩服自己，我终于不像个懦夫了。不过也真的是控制不住自己的情绪。不知道这样做对不对，是不是幼稚粗鲁不礼貌。但是有一点我很清楚，如果一直理智地忍耐忍耐，恐怕他们真的会以为我们是没话说。现在闹一闹起码可以给我们一个解释的机会。而且，他们会全都冲我来了，一不做二不休，沫儿的那份烦恼，我也抢来了，她不会再有事了。想到这里，我顿时觉得特别值得。

果然没过多久，沫儿出来了。她问我，你有没有事啊，这次闹大了。你消消火气，没有的事总能说得清。我说，你怎么出来了，他们跟你说什么？她说，他就说，纪沫你先回教室。我说，他们没有为难你，那就好。她叹了口气，过了很久，突然说，如果要是真的解释不清楚，那就算了。我看着她，什么意思？她说，我们就假戏真做，成全了他们。我听了这话有些傻掉，说，可以吗？她无奈地笑了笑，说，如果真的走投无路的话，我也想有个人陪我一起离开这里。他们不是说我们私奔么，想不到开开玩笑也会被当真。这里果然是我们的伤心地，好多好多的考试测验好惨好惨的分数成绩好烦好烦的琐碎生活好颓废好颓废的无聊青春。人人都说青春是人生中最美好的时光，可是我们在干什么呢。我觉得在这里无以为乐无以为用无以为动力。我说，哈哈是啊，唉。到这时候不知道该哭还是该笑。

我从来没见沫儿在人前这样说话。我知道她心里有很多苦，可是她表面上的样子总是很快乐，永远都那么无忧无虑没心没肺。可是她在发消息的时候会说一些很感伤的话，像变了一个人。现在，她又变成发消息时候的多愁善感的她，我只有心疼。

※ ※ ※

快考试了，同学要求阿杜给大家划重点。

"教导处开会一直强调不要给学生划重点，好，不过今天为了照顾大家的情绪，还是请大家把书翻开，我们今天来划一划，大家没意见吧！！"

划完重点后，阿杜又把目光转向了我。

现在我在班级里先讲一下，今天中午的事情大家应该都知道了，陈诺的行为会受到处分。估计过两天通知就会下来。我要说的是，这种行为的下场大家也都看到了，所以请大家以后都要注意，不要重蹈覆辙。好了，今天放学吧！纪沫，你来一下。

> 我去看了《十面埋伏》。没什么，只觉得该记一笔。

远远地听到阿杜说，你家长今天没有来，你回家自己把事情讲一下，然后叫他们打电话给我。我的电话上次家长会的时候叫每个家长都抄下来了。今天晚上，我等你父母的电话，如果不打来，我也会打过去的。所以不要存在侥幸心理，我相信你不会像陈诺那个样子，因为我一直觉得你是个明白事理的女孩。

等阿杜扬长而去之后，我走过去。

你准备怎么样？

不知道。

如果你妈妈知道了会怎么样？

发疯。

那你爸爸呢？

不知道。

不行啊，沫儿，现在已经火烧眉毛了，你不能不知道啊！

可是……可是我真的不知道要怎么办……

再一次看到她的眼泪，我的心情无法用语言来形容。不过在这一刻，我下定了决心，我跟她说，这样吧，现在既然我们两个人都不知道要怎么办，就先来解决你的问题。我到你家去向你妈妈解释。

你要解释什么呢，怎么解释呢，有什么证据呢，那不是等于越描越黑吗？

不是，我要跟你妈妈解释，我是真心的喜欢你，我想要照顾你一辈子。让她放心，我绝对会永远对你好。

……

……

……

你说好不好？

沫儿突然抬起头，眼泪一滴一滴地往下掉，她说，现在我什么都不怕了，真的。你终于肯开口了。

刹那间我的感动和兴奋涌上来，忘了自己身处的境地，有她的这番话，我也什么都不怕，什么都不在乎了。谁说高中生不能拥有爱情，我简直想把我的决心诏告全世界，我会好好珍惜沫儿，我会……山盟海誓都不足以表达我和她生生世世一起度过的渴望，是真的。

3

　　沫儿的妈妈是一个伤痕累累的女人，结婚离婚结婚离婚，自己的感情生活乱得一塌糊涂，其实我真想对她说你根本没有资格管你的女儿。可是我当然知道这种话是不能说的。每次考试考得不好她都会狠狠地打沫儿，打完之后一个人躲到房间里去哭。她是个矛盾的脆弱的可怜的女人。当她用排斥的眼神看着我，我却并不害怕，我相信我能感动她。

　　阿姨，你也知道今天老师要把你找到学校里去。为了什么事，你不用问沫儿，我来告诉你。老师抓早恋。中间虽然发生了很多误会但是我觉得现在已经没必要跟你解释了，我要说的是，我是真的喜欢沫儿，我们要永远在一起。

　　她看着我，不知道她在想着什么。现在如果沫儿在就好了，她一定知道她妈妈在想什么，可是她被她妈妈关到另一个房间里去了。

　　许久，她开口了，你知不知道你有多可笑，那么小的年纪就来跟我说永远，哼。我是大人，我懂，你别太天真了，不可能。

　　为什么？

　　影响学习。

　　不会的，我们互相督促，共同进步，我可以向你保证，从现在起，沫儿每次的成绩都会有所上升。

刹那一光年

你以为我会相信你吗?

是啊,因为我说的是真的。如果你不相信我,可以给我三个星期的时间,如果我没有说到做到,立刻和沫儿分手。

她没说话,说明她在迟疑,有希望了。加油。

阿姨,你相信我吧,我们已经18岁了,其实再过几个月进入大学,我们就可以名正言顺地谈恋爱了,这有什么分别呢?我们年纪不小了,而且决不会影响学习……

她还是没说话,我倒有点慌了,难道是暴风雨来临前的宁静?

我总是喜欢一边写一边电脑里放着音乐,这样会更加有坐在电脑前的动力。听到莫文蔚的《盛夏的果实》里面有一句歌词,"也许承诺不过证明没把握",这句话让我很有感触。

我一直认为承诺是很美的东西。就像很多女孩觉得星星是很美的一样。所以我的小说里主人公的名字叫陈诺,我的网络名也叫陈诺。现在我突然受打击了。幸好她说了"也许"。

在我想来,有承诺就有永恒,就像敲了一个烙印,一辈子都在那里,任什么都无法改变。现在看来好像不是的。有承诺就有反悔?没把握的事终究是不能强求的。反悔,就像承诺的时候吹了一个大泡泡,然后叭一下泡泡破了。承诺变成了幻影,就像小美人鱼变成了泡泡。

还是不要那么悲观了。其实最主要在于许下承诺的那个人。我想,如果是我,我一定要让它变成永恒。这是我给自己的一个承诺。

永恒……

你，你真的喜欢沫儿吗？你爱她吗？

哇噻，那真叫一鸣惊人，这个问题把我吓了一大跳，她如果说不同意之类的话我还能理解，可是她居然这样问，我毫无心理准备。不过我还是很坚定地回答了，是。

你喜欢她哪一点呢？

这个，我，我……

算了，我也不为难你。别以为就你们这些年轻的人知道，我也知道，喜欢一个人是不需要理由的。

我心中暗自庆幸，她好像对我友好多了。

那么，我问你，你有没有什么目标？说近的，考什么大学？

说真的，前段日子我一直在想要活还是不要活，要出走还是不要出走，考大学的事情虽然也想过，可是都没想出个结果来。总是弄得满脑子糨糊，才放弃。前途茫茫，我不知道要怎样。

你不说话，那就是没有了，那好，我来给你定一个，你愿意吗？

好的。

男孩子，要学理科比较好，我相信你也是理科比较好吧？

是。

那就财经大学吧！

啊？哦……好，好的。

我告诉你，将来你要和沫儿在一起，你就要比她强。我跟你说这番话，是觉得敬佩你有胆量到我家里来，觉得你说话的时候真诚，觉得你

刹
那
一
光
年

确实是真心实意地对沫儿，把你看作自己人了，否则我才不希望你比她强呢。你不要觉得自己做不到，男孩子到高中时候都应该开窍了。我平时也听沫儿说过你的事情，我认为你是一个聪明的孩子。你可以的。

我有点感动，她跟我非亲非故，这些话爸爸妈妈在家里不知道说过多少遍，但是在她说来，却是字字入耳。

再给你一个小目标，模拟考年级前五十。听沫儿说，你和她一样退步退得很厉害，以前都可以在这个范围里的，不过现在好像不太好。至少这说明你有能力达到的是不是？所以你不要觉得这个要求很高。

好的。

至于沫儿，每次要有进步，这是你说的。还有，我希望她能和你进一样的学校。我就给你三个星期，三个星期以后，如果达不到我的要求，那么——分手。

※ ※ ※

走出沫儿的家门的时候，已经是很晚了，看看手机已经有N个未接来电，还有N条短消息，正是我意料之中的。不知道爸妈他们现在是什么心情，不知道他们有没有想过再这样下去真的可能失去我，也不知道他们失去我之后又是什么心情。真希望今天他们能够提前感受得到，能够觉悟得到，能够考虑一下来多了解我一点。今天在沫儿那里真是出奇地顺利，不过我觉得这跟她妈妈的婚姻失败有很大的关系，但她是个对爱情永远心存幻想的女人。在自己家里，会不会是出奇地不顺利呢，嗯，可能性很大。

踏进自家的门，感觉像是视死如归的战士踏入刑场一样，不过我并没有视死如归，我从来没有想过把爸爸妈妈当敌人，关系僵硬到今天的地步，我真的很无奈。或许大家都有不对的地方，我认识到了，我有心想沟通，但是他们呢？哎，还是无奈。该面对的总要面对，逃不掉的。

劈头一本书扔过来，我心想，还是没有奇迹出现，战争总算又来了。

你小子给我进来，站在门口干什么啊。

我弯下腰去捡那本书，被怒气冲天的爸爸揪起来然后再揪进房间里去，那本书就又被扔回到地上，我回头看了它一眼，它好像在说，这个家里的战争我都看腻了。是啊，我也腻了，可是我必须参加。

你自己说你要怎么办吧，你现在已经没救了，都什么时候了，还当众冲撞父母和老师，晚上不说一声就那么晚回家，跟外面的小流氓还有什么区别。我们怎么会那么倒霉养出这样一个小孩来。

你整天到底在干什么啊，谈恋爱不说，还要那么晚回家，你今天干什么去了？

你谈恋爱的事情已经被查出来了，还死不承认，你觉得有人会相信你吗？你知道你这样死不承认比认一认错然后改正要傻多少倍吗！

你现在给我老老实实地说，一件一件事情说清楚。第一个，你怎么会那么晚回家，第二个，你为什么要谈恋爱怎么会去谈恋爱的谈了多少时间

刹那一光年

了为什么又要不承认，第三，你对你自己今天中午的行为有什么想法。

你说话呀！

我不知道该不该开口。说话，就会吵起来，不说话，他们又苦苦相逼。

你说不说啊你！说着，爸爸上前推了我一把。

我跳起来，你们要我说什么？我没有谈恋爱，你们不相信我又有什么好说的。要说有，也是从今天开始的，是你们自己亲手造成的。

你说什么？还嘴硬！你什么意思啊你！你到底说不说实话！我已经被爸爸推到了墙角。

于是我心里下定了决心，今天你就算打死我也不说话。

……

……

后来他们嘴里说的骂的我都听不见了，左耳进右耳出，像一个僵尸一样在那里给他们又打又骂，不做任何反应。

再后来他们累了。他们放弃了。他们失望地走了。我看到他们这个样子很难过，可是我也没有办法，他们要知道一些没有的事情，我总不见得编给他们吧。至于到沫儿家里去的事情我没有告诉他们，是因为我没把握他们知道了会不会气疯掉，而且我也确实不知道该怎么跟他们解释这个突发事件。其实他们迟早要知道的，但我就是说不出来。

我躺在床上，静静地想，听到外面一阵轻轻的轰隆声，似是有飞机开过。突发奇想，如果这个晚上，突然打仗了，那该多好，一切烦恼都解决了，大家都会尽抛前嫌聚到一块儿来逃命，课也不用上了。

又是新的一天，不知道还该不该对自己说每一天的太阳都是新的。今天早上起来没有人理我，家里的黎明静悄悄。我像鬼魂一样飘去学校，更不知道学校里还有多少坏消息等着我去接受。此去真是凶多吉少。不过，至少还有沫儿。嗯，今天开始要好好读书了，且把家里的烂摊子抛在脑后吧。

见到沫儿，我就跟她说，要好好读书了，加油啦。

她说，嗯！

好好读书真是有点不习惯了，认真听课认真做作业，本来都是作为一个学生理所当然的事情，现在做起来都好困难。不过既然已经决定了，就一定要做到做好，为了我的沫儿。

老师看我的眼神都怪怪的，因为今天有人在黑板上用粉笔写了个"教室铭"，真郁闷，难道他认为是我？"教室铭"内容如下：

分不在高，及格就行，学不在深，作弊则灵，斯是教室，惟吾闲情。小说传得快，杂志翻得勤，琢磨下围棋，寻思看电影。可以写情书、还能想女生，无书声之乱耳，无复习之劳形，虽非跳舞场，堪比游乐厅。心里云：混文凭。

彩彩跑过来，说，哈哈，你又发什么呆呢啊，开心死了你，有情人终成眷属了咯？

是啊是啊，你羡慕啦？只羡鸳鸯不羡仙哦，哈哈。你怎么还找不到呢？

哼！说你胖你就喘咯？我乖呀！不过你还真强哦，就这样冲到她家里去啦？

对啊，所以呢，有时候冲动是一件好事，你乖你就没戏啦。

777，不跟你吵，你别太得意了啊，还有倒霉等着你呢。

什么啊什么啊？你听到什么风声了？快说啊。

没有啊，我只是推测，提醒你！看把你给急的，哈哈哈，你也有今天哦，哇哈哈哈！

你小子！别以为你有沫儿撑腰我就怕你。我看那个"教室铭"就是你写的吧？哈哈哈！

哦？你要是再瞎说，那我可要宣布啦——

哎，算了算了，I 服了 You！饶了我吧。

音乐课上，老师放了一些日本歌曲给我们听。欣赏完之后，老师充分赞叹了其曲调优美，意境悠远，并解说了一番歌词后，突发奇想地说：嗯，同学们注意到了没有，日本歌曲大部分是情歌，为什么呢？我听见彩彩在下面小声嘟囔了一句：因为日本人好色。周围的同学都笑了，幸好老师没有听见。

彩彩聪明漂亮，就是嘴巴不饶人，吃午饭时，一个男生看她正端着饭盒扒饭。突然笑眯眯地对她说：彩彩，你吃饭的样子不禁让我想起了著名劳模时传祥同志劳动时的情景。彩彩并不气急，只是不紧不慢地回了一句：那算什么，你吃饭的样子让我想起三联书店的邹韬奋！

　　我告诉我的一个同学这篇小说讲的故事，反正诺儿不堪重负自杀了。他告诉他姐姐。他姐姐说，为什么新概念的人写的东西都喜欢以死来逃避问题。我听了之后觉得很有道理，很惭愧，于是我开始想把小说的结局改成他不死，生不如死或者重新燃起了好好做人的希望，对生活充满了信心。

　　其实我还是想让他死。人逃不了他心里深处的想法，那是心里声音。为什么呢？嗯，这么说吧，我是一个刺眼阳光下苍白的孩子，体内却流着鲜红的血。我，还有新概念的孩子们，喜欢用死来逃避问题的孩子们，也许都一样。对生活充满了向往和憧憬，恐惧和担心。虽然知道这个世界的残酷可怕，但仍然坚定固执地相信很多美好的东西。虽然因此吃了苦头，仍然不改初衷，在黑色的波浪里划着一只彩色的小船。

　　死亡也是我坚信的美好事物中的一个。不管活着的时候是怎样的人生，不管躺在怎样的坟墓里，灵魂是超脱的平等的干净的无牵无挂的。可以不再接触丑恶的东西。我是胆小的，我不敢去死，我只好等待。但是我希望如果我能主宰一个人的命运，在他生活最低谷的时候，在他前途渺茫的时候，在他万念俱灰的时候，他有胆量去死。既干脆又干净地去死。

　　不过，这终究是不为人理解的。小说的结局到底要怎样，我还没有想好。

刹
那
一
光
年

4

没想到，我又一次坐在沫儿的家里。和她妈妈面对面，这次还有她的叔叔，她的爸爸，她的阿姨。沫儿照旧被关到另一个房间里。我这次是一挑四了。

你答应我的事情现在做到了多少，我来帮你算一下。沫儿是每次都在进步，但是每次都只有三名四名。你自己也在进步，但是只到了一百名以内，没有在五十名以内。我们四个大人商量下来，你们还是不要再继续下去了。在高中毕业以前不要发消息不要一起回家不要再在一起玩了。

啊？这不是要我死吗？控制自己控制自己。

叔叔阿姨，进步是需要一个循序渐进的过程的呀，是需要时间的呀，三个星期内从原来的退步变成现在的进步已经很不容易了呀。

我知道，所以我其实是蛮喜欢你的，我想你们高中毕业后可以在一起。

可是，当中的空白，要我们怎么度过呢。成绩有所进步，完全是靠彼此的鼓励，而且这样学习才有动力啊。

这个我就不能相信你了。上次我同意你和沫儿三个星期，已经遭到沫儿爸爸的反对了。高考就在眼前，我们不能这样冒险。我觉得你是一个明白的孩子，应该可以理解的。

　　我没什么话好讲的了。如果是我自己的爸爸妈妈，我会据理力争，可是现在我有一肚子的道理没处说。走着瞧吧，很快就能证明我说的是对的。

※　※　※

　　爸爸妈妈终于办了手续。我看到他们签字的时候一直在想会不会两个人同时放下笔说我签不下去，还是不要离婚了。但是没有，他们都斩钉截铁义无返顾。我真的不知道这样是好还是不好。也许这件事情里最终受害的只有我一个人。也好，我也不过就是对生活里少了一个人有些不知所措，有一种恐惧在心里根深蒂固。

　　爸爸搬走了。没关系，从此以后少了个跟我吵架的人，也少了跟妈妈吵架的人，这不正是我希望的吗？呵呵，我，想哭。

　　不要哭不要哭。男儿有泪不轻弹，不是说天将降大任于斯人也，必先苦其心志，劳其筋骨，饿其体肤，空乏其身，行拂乱其所为。我要经受住磨难，才能成功。让所有那些学校里用怪怪的眼神看我的人都大吃一惊，我会的。虽然嘴上从来不说，但是我给自己定的最高纲领是，名垂青史。我不敢跟人说，因为没有人会相信我做得到，反而会被嘲笑自不量力。但是我也可以嘲笑他们，燕雀安知鸿鹄之志。我也可以嘲笑我自己，那么遥远的目标，我却不知道要怎样到达，浪费青春，虚度人生，没有为之付出过努力，因为我觉得读书不是可以达到目标的路径，至少

刹那一光年

读到一定的程度之后，就不该再走这条路了。所以我的志向与现实脱节。有时候想想古往今来的人都是这样磨练出来的，千万不能放弃追求放弃自己放弃生命。我真的是想好好的，真的。现在家已经不是一个家了，学校仍然是那个学校，里面有堆积如山的作业、卷子，名次分数名次分数，丝毫没有改变。这就像是一只蜘蛛在墙角结它的网：外面狂风大作雨如倾盆，它还在织它的网；对面的楼房失火了，外面乱作一团，水火交加，它还在织它的网；伊拉克战争爆发了，战火缭绕、社会动荡，很多人流离失所背井离乡，它还在织它的网。够讽刺。

　　妈妈把门一关，嘭的一声。家里只有两个人，我坐下来，茫然若失，黯然神伤。再怎么样，日子还要过下去。为什么还要过下去，我不想不想不想不想。即使可以再以爸爸妈妈离婚为一个新的起点，我也真的是心灰意懒了。每一次开始都信誓旦旦踌躇满志，结果都是半途而废。重蹈覆辙了N次，我受伤我挣扎我想力挽狂澜我失败。突然我觉得自己好失败好失败，快要堕落得一无所有了，还在加速堕落。那么不久的将来，当我真的一无所有的时候，我还有必要存在在这个世界上吗？我真的真的不明白，活着有什么意思，那么多的事情，没有一件如我的愿。世界那么喧嚣，鸡鸭猫狗，都叫嚣着各自的幸福与不幸福，在它们短暂的生命中活出一份属于自己的喜怒哀愁。只有我，不知道自己是喜是悲是哀是愁。世间的美景，都不是为我而美，它们的存在分明是在嘲笑我这个灰暗的小孩。我真想去找一片属于自己的乐土，那里没有美景和声音，没有其它生物，可以供我好好郁闷一场，然后静下心来理清所有剪不断理还乱的纷纷扰扰。或者我只需要一方厚厚的黄土，掩埋我的过去和未来。这样我可以一身轻松，没有背负着什么回忆和什么前程，多好多好。那样的话，阳光也会比较温和。

对！我要去寻找我的乐土，寻找我的乐土……

既然下了决定,说做就做。(虽然后来想想也许真的是伤心糊涂了。)

妈妈：

我十分抱歉要丢下你一个人就这样走了，在这个时候，我知道的确亲情是很重要的。可是对不起我做不到，这个地方我一刻也不想多呆。明天学校又要考试，今天又有很多的卷子要等着我去做，这些都不是我出走的理由。我只是觉得这样的生活压得我喘不过气，而且在学校里学的那些东西我学了都没用。我希望等我回来的时候，你依然过得一如往昔。真的，我无意要伤害你。以前种种的事情我也不想一件一件地说过来，只想说一声对不起。我没有照着你们的要求去做一个优秀的人，辜负了你们的希望和付出。实在无法弥补。其实以前我一直叫你们再生一个弟弟，是想让他的优秀来代替我，使你们骄傲，而不是要找一个陪我玩的人。还有一件事就是你和爸爸一定要好好地过各自的日子，我不是永远不回来了，只是离开一段时间，总有一天我要再回来。你们不要去找我，找回来了我还可以再逃，你们防不胜防，反而会伤了感情。

诺儿

刹那一光年

　　写下最后一句话，我突然想起来手中应该有一个类似人质的足以威胁他们不把我抓回去的东西。思前想后，只有一样东西——爸爸的那个号称无比重要的一级文物。于是又提笔 p.s 道，我拿了爸爸的剑，如果你们要来抓我，我会把这把剑扔掉，到时候一级文物将随着垃圾车到焚烧垃圾的垃圾场里，变成一堆废物。

　　可是要把它弄到手，还是一个问题，而且是一个棘手的问题。

　　爸爸，上次你是不是为了一把宝剑和妈妈离婚的？

　　宝剑，可以算是一根导火线吧！

　　你能不能让我看看那把剑？

　　这可不行，那是国家一级文物，不能随便示人的。

　　爸爸，让我看一眼吧！

　　……

　　爸爸！

　　那好吧，但你必须答应我要格外小心！

　　一定。

　　爸爸把我带进博物馆，七绕八绕来到一间暗室。推门进去只见一条深红色绸缎的帘子从天花板上直泻下来，挡在我们面前。屋子里的一切，什么都看不见。爸爸撩开帘子，打开灯，一个精美的玻璃柜呈现在我眼前，而玻璃柜的正中央，赫然一把古剑。雕花的剑鞘发出幽幽的光，说不清是什么颜色。它被一种神秘和沉稳笼罩着,庄重而富有玄彩的魅力,我被它的气质感动了。突然,我想起梦里的诺儿,他的气质和这把剑很匹配。

爸爸说,你在这里不要乱动,我去一下厕所。我听到这句话,心跳变得很剧烈,这正是我的机会啊。而且很可能是唯一的机会。我听到脚步声渐行渐远,立即砸开玻璃柜,把剑抱在手上。剑很重。我把写给妈妈的条子扔在地上,拔腿就跑。

跑了好长的路,直到跑不动了,在人群中,我停了下来。开始犹豫,是不是非走不可?是不是非走不可?想了好久,回去以后的生活并不会因为这次小小的波折就有什么改变,反而有可能比以前更遭,因为我还没尝试过爸爸不在的日子。还是走吧,条子都留好了,宝剑也偷出来了,我再没有退路。

我就这样走了。给沫儿发了条消息,你妈妈不让我们在一起,我没话说。我没有能够保护好我们的未来,我对不起你。我走了,去做我一直想做的事情。你自己要乖。不要让我担心。我会换号码,到时告诉你。

※ ※ ※

突然收到一条消息。我心里很期望是妈妈发来的,说,你不要走,

刹那一光年

以前是妈妈不好，你先回来再说。那样我就有理由可以回去了。然而不是的，是彩彩。她说，我刚才给沫儿打电话，她好像生病了，说她明天不能去读书。我吓了一跳，说，是吗？她怎么没跟我说呢？于是我发消息给沫儿，但她不理我。前面那条消息她就一直都没有回，难道手机被收掉了吗？也不知道她妈妈会不会又因为什么事情打她。刹那间我很想插上翅膀飞到沫儿家里去。可是如果我去了我妈妈必定已经看到了条子拿着我的通讯簿一个一个地打电话问，到时候会被捉回去的。算了，既然决定要走，就不能再回头，要走得干脆，千万不能优柔寡断地再被抓回到那个可怕的学校和可怕的家里去。

我要去哪里呢？脑子一团乱，脚下漫无目的地走着。坐上平时经常坐的那辆公共汽车，习惯性地在平时下车的那一站下车，又习惯性地走进地铁，往学校的方向去。又突然觉得不应该再到那里去，于是坐了几站又下车，往反方向去。可是想来想去偌大的一个上海，哪有什么可以去的地方？对于我来说，在上海这个城市里，无非是两点一线，家和学校。别的地方和外地也没什么分别，不认识。也许这就是个机会，我首先要将上海走个遍。抬头看看行色匆匆的人们，没有一个人注意到我的彷徨。突然想到，上海这个地方，到处充满了竞争。到处都是自私的人，只为了自己和自己爱的人做事情，别的通通事不关己漠不关心。到处都是残酷，你不行就要被淘汰。到处都是讥讽的声音，我是一个逃兵就要被看不起。真没劲。我果真如此没用吗？我一定要做出一件事让每个人都对我刮目相看，我会记住今天的遭遇，我要报仇！

天色已经很晚，该找个地方睡觉了。嗯，就这里吧。广播里已经在喊"本次列车是今天的最后一班列车"，等到这辆车开走了我就到铁轨下面去躲着，协管员走了之后，我再爬上来，就可以在这里过夜啦。都最后一班地铁了还是那么多人，这些都是早出晚归的人儿啊，想当年考高中的时候，每天都要上很多课，我也是每天都赶着最后一班地铁，在上面打个盹儿。好几次坐到了终点站，穿制服的人对着我吹哨子我才跌跌撞撞地走出地铁。这些人一定归心似箭。可是我呢，唉……

突然看到一个很熟悉的身影站在那里，我是近视眼，所以看不清楚。但是这个时候还会有谁在外面呢，今天又不是周末，明天可是weekday呀。我低下头来想，熟悉的人，难道是妈妈？不可能，她不会那么快就找到这里来。是爸爸？更不可能，他现在知不知道还是问题。沫儿？也不对，她生病了呀。哎，也许是我看错了，或者因为太想念的缘故，产生了幻觉。安心流浪吧，我对自己说，我把所有的后路都断了，没有人会来找我的。

刚才和同学在网上聊天。她问我，你暑假过得怎么样？我说，一如既往。她说，哦，很忙啊。我说，是啊。她说，丰富多彩？我说，不，是乱七八糟。她说，那不是同义词嘛。我想了想，说，对哦。有道理。

刹
那
一
光
年

喂！你这家伙什么意思，发条消息就走人，你有没有想过你走了以后我怎么办啊！是沫儿是沫儿！我的脑子在几秒钟空白后闪出了这个振奋人心的念头。我再也控制不住自己，转过身去抱住她，一句话也不说就这样抱着她。我感觉得到她颤抖了一下，随即就软了下来。她在我的怀里说，你这个人讲话不算数，癞皮小狗，说好一起走的……她没有说下去，我知道她哭了。这些日子里发生了那么多的事情，上次以后就再也没看到过那个多愁善感的沫儿。考试成绩没多大进步也不知道她妈妈在家里是怎么对待她的，她都没有和我说起过。她是可以痛痛快快地哭一哭了，憋着难受，我知道。

其实我一直知道自己有点大男子主义，很期望那种心爱的女孩依偎在怀里的时候的感受，会觉得自己是个男人而再也不是男孩了。现在，我就是沫儿的避风港，是她的英雄，是她心里坚定地屹立着岿然不动的一座大山，我会帮她抵挡一切风霜雨露，不让她受一点点伤害，她跟着我，一定会得到幸福。我怀着美好的理想和甜蜜的憧憬，拥着她，静静地感受她的呼吸她的心跳，忘记所有的不快，全世界都春暖花开。

等到她把我的衣服哭湿了一大片的时候，最后一班地铁呼啸着开走了。应该是时候躲起来了，可是我不忍心把沫儿从怀里叫起来。于是就这样站着，我背对着的那个方向，有一个脚步在慢慢走近，应该是协管员。

哎哎哎，你们两个在这里干吗呢啊？地铁没了，你们出去吧。协管员叫嚷着，偌大的地铁站里只有他的声音，还有回声，我觉得刺耳。沫儿听到他的声音一下子跳开，离我很远，一个人揉着眼睛。

沫儿！你怎么在这里？那么晚了还跟这个臭小子在一起干什么呢！协管员的语气很愤怒，我能感觉得到，那股怒气像是要冲破屋顶，来势汹汹。我突然反应过来，这个人好像是沫儿的爸爸呀。我心想，这下完了，彻彻底底没戏了。真后悔刚才没有卧轨而死。

走走走，你跟我回去。

我不去！

好，那你就先解释一下，这是怎么回事？

沫儿没说话。突然她爸爸的手机响了，里面传出来一个女人的声音，带着哭腔。沫儿不见了，她留了一封信说她要离家出走还说什么要去找那个诺儿。你说怎么办啊！沫儿她不见了啊！

你不要急，我碰到他们了，现在就在我旁边。

什么什么？

沫儿说了声快逃，就拉着我的手两个人从她爸爸身边飞奔过去。只听到她爸爸在后面说，你等等，他们跑了。不是，等一下再跟你讲，你先不要哭，没事的，你不要烦，我要去追他们了……

我们冲上楼梯的时候，她爸爸已经开始追上来了。可是地铁出口的门都已经被锁了起来，情急之下我们只好再跑下楼。他上楼后，找不到我们，就拿钥匙出了门。我们跟着也出了门，往反方向逃。我们拼命地跑，心想跑一步就离他远一点，没想到却跟他撞个满怀，可能那里的地

形是圆的。这一次沬儿的爸爸没有再放过沬儿，他抓住沬儿的手臂，连拖带拽地往外走。只听到沬儿在前面声嘶力竭地喊，诺儿！诺儿！我想了一想，管他是谁的爸爸，于是我对准他撞了过去。只看见他摔倒在地上，沬儿挣脱了他的手，我一把拉起沬儿就跑。我们就一头扎进沉沉的黑夜里。

跑了很多路，我们两个人都筋疲力尽了，在一个四通八达往哪里都可以逃的路口停了下来。才发现刚才一路都是手拉手过来的，两个人都脸一红，我放开沬儿的手，她赶忙用手去摆弄自己的头发。

我们在路边坐下来，让跳得快要爆炸的心安稳一下。我有很多问题想问，很多话要说，千言万语到嘴边就变成一句淡淡的关照，休息一会儿吧。然后两个人都不说话，安静的街头，显得更加寂然无声。还是我先开了口，你怎么就这样出来啦？问完之后就知道其实是白问的，我说，你不用回答了。黑黑的夜，我看不清沬儿的表情。我说，现在要怎么办？你有没有让你爸爸妈妈不再追着你的办法？她说，没有办法。我们躲起来呀。我说，他们会不会去报案？她说，不会的，我给他们的信里写了，我不是永远不回去的。我说，这个他们恐怕不会听你的吧？她说，那，我们到外地去，就找不到。我们又不是通缉犯。我说，你带了多少钱？我们凑凑看，可不可以到远一点的地方去。结果我们都带了很多钱，加起来有一万多，绝对够了。

那次我们就在路边睡到大概第二天早上四五点钟的时候，被扫垃圾的人喊起来。我醒来看到沫儿抱着书包坐在身边，突然有一种似曾相识的感觉，好像在哪里也见到过这样一个场景。

然后我们去火车站买票，乘六点的火车去了河北省的石家庄，再换长途汽车到了邯郸。不知道为什么会选择去邯郸，只是一看到这两个字就有一种莫名的亲切感，鬼使神差地想去。

5

出了火车站，有种重见天日的感觉。

自然不能再露宿街头了，我一个人倒不要紧，沫儿是个女孩子，我不舍得让她天天在这样的街道上弄得灰头土脸。于是我想找一个便宜一点的旅馆。可是那些我们住得起的旅馆都是我们住不进去的，从来没见过那么破的房间，很脏很小还没有热水之类，像是故事书里经常闹鬼的房子。

逛啊逛，眼看到这里的第一个晚上又要像在上海的最后一个晚上一样露宿街头了，这里又没有地铁。突然我眼前一亮，看到一个网吧，橱窗上写着2元／小时。这里应该可以过夜的，至少有一个屋顶和四面墙，不会太冷。一个晚上最多12个小时，24块，真是合算。我们走了进去，里面乌烟瘴气地一塌糊涂。我们找了一个角落坐了下来，两台计算机闪着妖媚的色彩，那里面的图像变换多样，五颜六色，我看了一眼沫儿，只觉得她的眼睛里闪动着恐惧，奇怪啊，这种眼神，又好像在哪里见到过。

我把沫儿拉到怀里，说，不要怕，你还没进过网吧吧，我来教你玩这里面的游戏好不好？她点了点头。实在是好久不玩，技艺生疏了很多。

你玩得那么差，还到这里来？突然听到一个声音，讲着生硬的普通话，在众多带河北口音的普通话中"鸡立鹤群"。也不知道他是什么地方的人，不过显然他是在和我讲话。

我转过头，一个高高瘦瘦的年轻人，大概比我们大不了几岁，穿着一件黑色的外套和喇叭牛仔裤，叼着一根烟，很颓废又很酷的样子。他自说自话地就坐到我旁边开始玩起来，我也不得不承认他的技术简直炉火纯青，别说是沫儿，就是我这种隐退多时的老江湖也看得眼花缭乱。我说，你是什么地方人？怎么会到这里来？他说，我是从目木国来的。至于为什么要来，你就不要问了，伤心事，不提也好。我说，既然大家同是天涯沦落人，交个朋友吧，我是上海来的。他说，什么天涯沦落人？我才想起来他是外国人，不该讲那句话的。我说，没什么，大家都是出来混的，交个朋友好不好？他恍然大悟说，噢！好啊好啊，我最喜欢结交中国朋友的。看来是个很热情的人，不像第一眼看上去的那么酷。他的名字是子番木目，他说让我们叫他子番。

在网吧里，任何时间你都会看到有人睡觉，有人吃饭，有人自言自语。网吧里有相当一部分铁人，我玩的时候他们在玩，我睡着了他们在

刹那一光年

玩，等我醒了他们仍在玩，等我睡了再醒他们依旧玩得满面红光。在这期间我吃了两份盒饭，一瓶饮料，五个面包，一份米粉。他们什么都没吃，整整四十八小时，就没见他们的屁股离开过椅子，却仍然两眼放光，精神百倍。我身边有个女的更厉害，天天晚上都看见她像生了根一样在那里坐着，一个星期都没走，也不换个位置，聊天时，不时发出一种古怪的笑声，有时又哭又笑还对着耳麦唱歌，不但声音特大，还全跑调，全网吧的人都听得见。她同时下载着三首MP3、下着一盘五子棋、一盘围棋、打着一桌麻将、斗着一桌斗地主，另外还在百度下吧里下载着三部电影。平均每一个小时，她嘴里必定会大喊着三字经："×××，网管，死机了，快来给我看看。"

我和沫儿都非常"佩服"她。

转眼间在网吧里也有些日子了，自从到了这个城市，我们几乎没离开过这儿。我在这里如鱼得水，和子番也很谈得来。可是沫儿却越来越不想呆在这里，因为她对我们玩的游戏不感兴趣。于是她每天都跟我讲，我们出去吧，好不好？这里的气氛我害怕，你看，最近这几天都是只有我一个女孩子。我总是说，你不要怕，有我呢。其实，子番的旅行包像个魔术箱一样，一直都会变出很多新鲜的游戏，都是他从目木带来的，我想等到把他带来的游戏全玩个遍才离开。再说就这样莫名其妙地走了，子番会怎么想？这也太不够朋友了吧。我经常对沫儿说，再等两天就走好不好？她就嗯一声然后到一边埋头看子番买来的杂志。就这样一直拖着时间，但是子番的游戏层出不穷，我有时候还真的想不通他的包里怎么装得下。

渐渐地沫儿也不说要走了，她开始上网聊天。她不能和以前的同学聊，怕他们泄露我们的行踪。所以她就只好在网上漫无目的地有一搭没一搭地随便说说。我觉得她也够无聊的，很内疚，但是那些诱人的游戏还是轻易地把我的决心搅得一团乱。读书的时候在网吧里提心吊胆地担心突然有个人拍拍自己的肩回头一看是教导主任年级组长之类。现在我也要好好尝试一下堕落的滋味，先逍遥两天再自拔。

这一天我和子番一边打游戏一边聊天。我叫：老板没水了。只听见老板噔噔噔跑到饮水机前抽出上面的水桶，噔噔噔跑进厕所，哗哗地一阵水响之后，他抱着沉沉的一桶水回到饮水机面前，嘭地扣上！

我看得目瞪口呆，大叫，沫儿，沫儿，你帮我到外面买一瓶水来好不好？沫儿？

沫儿不见了！

去逛书店，够受刺激的。我现在开始觉得，只要书上能有"×××著"，他就伟大极了。我想从今以后我再也不敢对人家的书指手画脚评头论足了，因为，写一本书实在太痛苦、太艰难，反之能写出来的人就太伟大太令人敬佩。况且在书店里翻开每一本书都有一股扑面而来的才气，

刹那一光年

于是我也还给他扑面而去的崇敬。我从来没有带着这种心情逛过书店，以前都是趾高气昂地觉得什么破书也敢入本小姐的法眼。现在，唉，朋友我劝你，如果哪一天你开始感叹世界上难道没有一本好书了？你就试着自己去写一本。然后你会突然发现世界上遍地都是好书，除了自己的这本。再然后你就会觉得连读没有标点的甲骨文也是一件幸福无比的事情——只要不是自己写。

我问网吧老板，他说，咦？前面她不是还跟你说她出去一下，你不是还说嗯。你自己怎么不记得啦？我拼命地想，终于依稀记得有这么一回事。哎，我真糊涂，只顾着玩了。可是她去哪里了呢？算了算了，等她回来了再问吧。现在乱想也没用，继续玩吧。

天都黑了怎么还不回来呢！难道她是生我的气了又出走了？越想越觉得像，她以前求我离开这里的时候楚楚可怜的样子到后来不再说想走的话一个人进聊天室就已经开始赌气了，我怎么到现在才发现呢。再去看她书包里重要的东西都不在了，只剩一些杂志之类无关紧要的东西。其实本来重要的东西都应该随身带的，可能是我多虑。为了不"庸人自扰"，我决定打个手机给她。只听到电话里面是无尽的"东风破"的歌声，就是没有人接。一向都很喜欢这首歌，现在听到Jay粘粘的声音却备感惆怅———壶漂泊浪迹天涯难入喉，你走之后酒暖回忆思念瘦。她真的是生气走了吗？我要到哪里去找她呢？管不了那么多，找了再说。

子番，你比我熟悉这个城市里的地形，你陪我去吧。快啊快啊！

好，那我们现在就走吧。

找了两个小时，整个城市的大街小巷，热闹的冷清的地方都去遍了，可是根本找不到沫儿。而且不能去报案，我知道没希望了。又是那种出走前的久违了的感觉，心如死灰，这个世界对我来讲毫无意义。我再也不想回到那个网吧里去，甚至不想看到子番。可是他是我现在唯一认识的一个人，如果再失去他，我就是全世界最最不需要存在的一个人了。

※ ※ ※

我拉子番去酒吧里喝酒。那个酒吧里除了一个调酒师以外什么人都没有，我想真好，我这副衣冠不整的样子越少人看到越好。我拼命地喝，我想，把我口袋里的钱都用光了之后我就去跳楼。我要喝他个三天三夜，酩酊大醉，醉了再醉，如果能醉死也好，我徇情，我愿意。我跟子番说，你知道吗？我是这个天底下顶顶没用的一个人，先是做了生活的逃兵不算，还拖累沫儿，现在我又把她也气走了。我既没有活下去的勇气也没有去死的勇气。我徘徊着进退两难，其实我早就投降了，活也不是死也不是。你把我一刀杀了好不好？我会很感激你的，真的，我写遗书，证明是我叫你把我杀了的，不会有人来追究你的法律责任。还有，我身上

刹那一光年

剩下来的钱都是你的，你还要什么只要我有的我都给你，求求你了，举手之劳而已……

然后我说了什么我就不记得了。当我醒来的时候，子番正摆弄着我爸爸的那把宝剑。因为重要，所以我一直都随身背着。也不知道怎么就被他从我身上卸下来了。我一把想抢过来，可是他拽得紧紧的。他的表情就是玩游戏时打掉一个老板后的表情，一丝阴笑掠过眼睛，稍纵即逝。我有个不祥的预感，他，他好像不是那个跟我一起玩游戏，每天帮我们带早饭来，给沫儿买杂志的子番。我条件反射似地问他，你是谁？虽然心中清楚他就是子番。他说，这个问题你早该问了。没想到这次这么快就得手了。我说，你到底是干什么的？这才想起他从来没有跟我提到过他的过去，从来没有一字半句。唉，现在才开始后悔了。他说，我是目木国派来的文物贩子。仔细想想，我的名字倒过来怎么读，子番木目——木目番（贩）子。我恍然大悟，原来，我一直都中着套，傻傻地沉迷在他的陷阱里。突然感到一阵恶心，飞奔到厕所里把刚才吃的东西喝的酒通通吐出来。我用冷水浇在脸上，对自己说，要打起精神来，和外面那个人单挑，把爸爸的东西抢回来。这是关乎着国家利益的，这一次我不能逃避更不能退缩，绝对不能。

我冲出去，突然想到沫儿。我问他，沫儿是不是被你绑架了？他说，你的小情人倒真的是自己跑的，她对我又没什么用处。本来我根本不知道你身上带着那么重大的秘密，只觉得你好像有点意思。是你喝醉了自己说出来的。

我说，好，不跟你谈沫儿，你把那东西还给我。

他冷笑，你觉得可能吗？我奉劝你不要做无谓的牺牲，你的小情人说不定已经回到网吧里去等着你呢。我说，大事小事我还是分得清楚的。快给我。我跑过去拉住他的衣领，伸手去抢那份宝剑。被他一甩差点就甩了出去，可是我牢牢地抓着他的衣服，趁着他还没回过神来，对准他拿宝剑的手重重地一拳。宝剑脱了手，我弯腰去捡，突然觉得背上一阵剧痛，就又什么都不知道了。

恍惚中我觉得自己在做梦，梦见从小到大梦里经常出现的也叫诺儿的那个人拿着一把很长的剑在古战场上驰骋，他到的地方敌人的士兵都会倒下，可是我分明感觉到他身上散发着深深的愁绪。挣开眼睛的时候看到自己的衣服上都是血，想起身看看，动一动就又痛得趴下了。酒吧里那块"休息中"的牌子被挂了出去，调酒师被绑在了一把椅子上，塞着嘴巴，瞪着一双恐慌的眼睛。子番手里拿着一把沾满血的匕首，是我的血。他站在我的面前，显得异常高大。我突然对调酒师的恐慌很不满，硬是忍着痛站了起来。四处望了望，发现桌子上正放着那把宝剑。我挣扎着跑过去，子番大概是没有料到我还能够过去，所以慢了一拍。我抢过那把宝剑，抱在怀里，心想这一次绝对不能再被抢走了，就算是昏过去也要紧紧地拽着。子番突然抽出一把枪，子弹上了膛，对着我。他说，其实我真的不想杀你。干我这工作的，杀人根本不用眨眼睛，你自己看着办吧。我笑，哈哈，刚才我还在说让你一刀杀了我呢，你一刀没能让

刹那一光年

我断气，那就一枪毙了我吧。但求无愧于心而已。子番说，那就对不起了，毕竟朋友一场，我会帮你收尸的。我看不到他的手指，但是我知道他的手指在按动扳机了。

啊——你们干什么啊！放开我呀！

那是沫儿的声音啊！我的脑子里闪过一个很坚定的念头，我不能死不能死。

我大喊，等一等。

子番也许是被我的声音吓到，马上把手拿开了。

我说，你帮我去看看外面的人是不是沫儿。我反正也逃不掉，你快去！

子番也许是顾及了曾经朋友的点滴情谊，果然冲了出去，只听见外面一阵吵打尖叫的声音，我的心跳也随之忽快忽慢。之后子番伤痕累累地进来了，倒在门口，后面跟着蓬头垢面的沫儿。她看到我的样子，眼中闪过一些惊异，然后在我旁边坐下来，很难过地看着我。看到她的表情，心中莫名地涌起一股难以言语的哀伤。她默默地流着眼泪，一点声音都不发，我就更加心痛。我说，你哪里去了？找也找不到。你是不是被我气走的？是我不好，你以后别再离开我了好不好？她说，不是的，你没有不对，是我想出去转转就碰见坏人了。你这个样子，我……。我说，你快走吧，子番他不是好人。你快走，带上这个。她诧异地看着我，说，怎么不是好人了？是他把你弄成这个样子的？是他？我说，对。你

别问了，快走吧。我把宝剑塞到沫儿的手里，推了她一把。她似乎瞬间明白了我的意思，说，好，我走，你要来找我，一定来。我轻轻地"嗯"了一声，其实我心里一点都不知道我还有没有机会去找她，说不定，这就是诀别了。想想就觉得凄凉，但是这个时候不能让子番看出我的感觉，要让他觉得我视死如归，那么也许我还有救。

看着沫儿消失在门口，我的眼光突然瞥到子番坐在地上的影子，透着一种无助。顿时心软了下来，想想他可能也有很多的无奈，毕竟他这样卖力地帮我救出了沫儿。子番开口了，其实我真的不想这样对待你，我想有个朋友。我一直就是个卧底，专门在网吧里探听一些消息，套小孩子的话。遇到看上去家里有点宝物的就要深交，和他们成为朋友，再把他们家挖空。我的职业就是害自己的朋友，这种事你见过吗？以前没见过像你那么倔的，也因为你的这把宝剑特别重要吧，我的痛苦就更多。我觉得见过的人中属你特别，我真的很喜欢你，你有自己的想法，很浓重的无奈却又撑着一张笑脸。可是，我不能因为私人的感情眼睁睁地看着那把宝剑又被你夺回去，在我的国家，男人的工作必然是第一位的。你知道我该怎么办吗？至少我不知道。

我说，你哭一场吧，哭出来就好了。这样的矛盾是会越陷越深的。你应该学会释放自己。

他说，哼，哭？我们目木国的男人是不能哭的。你们中国不是有句古话吗？男儿有泪不轻弹。

从他嘴里说出这句诗真是感觉怪怪的，好不舒服。我的嘴角微微地

刹那一光年

上扬，有点想笑。很奇怪，现在还笑得出来。我说，可是这句诗还有下一句，你知不知道？只因未到伤心处。真的，到了真正伤心的时候，就不要硬撑了，会崩溃的。

他说，你不是也一样吗？还来劝我。

我说，我是快要崩溃了，但是现在不是伤心的时候，我要留着这些伤心直到找到一片可以让我尽情伤心的土地。

子番显然不懂。沉默了好一会儿，他抬头看我——用一种很奇怪的眼神，他说，也许你说得对，必要的时候是可以哭一哭的。说罢就哇一下泪如泉涌，根本没有什么预兆，连我都被吓了一跳。我就看着一个七尺男儿在我的面前号啕大哭，心中百感交集。想着我们都活得有多失败。

不知道什么时候哭声止了。子番慢慢站起来，走到我的身边，他说，我们现在还是敌人，你不要忘了。我会找回那把宝剑的。突然，枪又对准了我，你说，沫儿会到哪里去？我说，我不知道。其实我是真的不知道，虽然我也希望自己知道，我很怕她又遇到坏人。子番说，哼，没关系，这次我是真的要开枪了，你不要再期望我会给你机会。我说，好吧。你开枪好了。本来就没想过还要活下去，现在我见过沫儿了，就真的死而无憾了。

我听到子弹在枪膛里蠢蠢欲动的声音。便豁出去了，死则死尔。生亦何欢，死亦何苦。只是没想到，匆匆离开家的那个傍晚，踏上火车的那个早晨，竟都是最后一次。刹那间脑子中涌进很多画面。小时侯爸爸抱着我在巷子里转圈，唱歌哄我睡觉。小学的时候妈妈带我挤公交车去读书，我总在放学的路上手舞足蹈地讲学校里发生的事情。中学的时候跟同学逃掉晚自修去打球，回宿舍的路上一路尖着鬼哭狼嚎似的嗓子唱歌，一到宿舍就被老师抓住，集体罚站。还有，经常出现在梦里的那个人，时隐时现，他似乎是在一座宫殿里跪着，穿着囚衣，苦苦争取着什么。

……人生……尽头……

我闭上了眼睛。

其实我真的不想死。

刹那一光年

初中的一帮子人很久以前就嚷着要到我家里来玩。昨天去看书展的时候突然收到消息，就明天来你家好吗？我当时正用心地在"繁华"的书堆里找我失散的同学。心里正嘀咕着为什么每次去个什么展都会跟人走散。所以并没有怎么考虑就回，好的。结果十几个人浩浩荡荡地排着队来问我家怎么个去法。我把到我家的繁琐的过程重复了十几遍之后突然想起，已经因为去书展没写小说了，又要有一天不写，爸爸妈妈非跳起来不可。

只好跟他们重申我自己心里都没底的保证——暑假结束前一定一定写整本小说出来。

于是他们就来了。那房间里的一片狼籍以及几乎要掀了屋顶的气势是不用说的，值得一提的是晚饭的那顿火锅。让我见识到了真正的饿狼传说。先是叫了四盘牛羊肉，之后加一盘再加一盘，直到上了8盘，刚够一桌上的8个人每人一盘的了。每来一盘，通通入锅，由我来喊预备开始，筷子才允许进锅抢食。不过在我喊之前，14只筷子早就在锅的边缘一触待发了。后来我就渐渐没有威信了，喊了预备就等于喊了开始，再后来我不喊了，因为他们几乎是一下锅就夹起来，生的熟的都管不了。

我回家之后，兴高采烈地告诉爸爸妈妈我经历的这件自认为很有趣的事情（因为其实不亲身经历的人是不会觉得有趣的），结果爸爸全神贯注地在看亚洲杯中国和伊朗的四分之一决赛，妈妈在洗碗，并且扔过来冷冷的一句话，你快点去再写一点。

6

不要！突然有一个人喊着跑进来。好像又是沫儿的声音，不会的吧？

她抓起桌子上的酒瓶敲子番的手枪。速度很快，只不过子番是这行里的老手，他的手枪仍然紧紧地握在手里。沫儿！我看清楚了，是沫儿。我喊，你走，别管我了，快走啊！！！几乎撕心裂肺，可是沫儿动都不动。她说，我怎么能就这样走呢。子番，既然我已经来了，那么请你放下枪。宝剑就在我的手里，我们还可以商量的。子番没有放下枪，他说，没什么好商量的，只要你把我要的东西给我，我就立刻放下枪。不给我就一直举着，十秒钟时间给你考虑，如果不给，我就开枪了。

沫儿看看我，她的眼泪早已经悄无声息地流了好久。我也看着她。她的眼睛在说，给他吧。我的眼睛在犹豫。

子番在数第九秒了。

他数出了第十秒。

沫儿说，我给你。

宝剑脱手的一瞬间，沫儿哭出了声音。

※　※　※

刹那一光年

子番放了我，拿着宝剑走了。我走到沫儿那里，坐下来。我说，算了，既然不能挽回的事，就不要后悔，至少我活下来了。沫儿说，对不起，我没有办法，我只能给他，对不起。我还想说什么来安慰她，因为看到她这样难过，我会心疼，我要承受两个人的难过。可是我突然觉得刀伤的地方一阵剧烈的痛，痛得蜷起身子。沫儿顿时手足无措。我把手机递过去，于是她明白了，她打了120。

一路上昏昏沉沉的，在心里深深叹气，本来还想做英雄的，结果还要沫儿来救我，最丢脸的是，我的这次战斗失败了。好惭愧，本来还妄想要名垂青史，现在却南辕北辙。真的很后悔，如果当初规规矩矩地去参加高考，规规矩矩地上大学，和别人一样做一个安居乐业的小公民，为了一些小小的事开心、不开心，营造平静的生活，也很好，不用落到这个地步。我觉得也许不会严重到祸国殃民的地步，但至少我不会原谅自己。

救护车把我送进了医院。医生问我们怎么弄的，我们只能说是遇到流氓了。事实上，沫儿也确实是遇到流氓了。医生说要不要报警，我们说不要了不要了千万不要。我们怕和公安局打交道。毕竟还是做贼心虚，万一上海的公安局已经和这里联系过了，我们岂不是要被抓回去。

出了医院已是凌晨，三更半夜的，街上一个人都没有。我们又没地方睡觉了，这一次我受了伤，是不能睡街上的，更加不知道该去哪里。突然想起来刚才我们闹事的那个酒吧，应该去和调酒师关照一下不要声

刹那一光年

张今天的事，而且刚才情急之下似乎还没有松他的绑。一路走走停停到了那个酒吧，"休息中"的牌子还挂着。沫儿推门进去，调酒师果然还在椅子上，被塞着嘴。我们过去给他解了开来。再三地叮嘱他不能告诉别人，并且还带几句威吓。他本来就懦弱，经过这么软硬兼施已经点头如蒜捣。然后三个人收拾了残局，把牌子换成了营业中。我和沫儿找了个包间坐下来，沫儿先趴在桌子上睡着了。我过了一会儿也睡着了。直到天亮。

迷迷糊糊中听到外面的大门被踢了开来，似乎是闯进来一个人，我直起身子，是子番。

我一拍桌子站了起来，我说，你还来干什么？他说，你不要急躁，听我讲。现在我要回目木去，你们要不要跟我一起走？

我说，哼！亏你还问得出来。我已经把宝剑给你了，还要跟你到目木干吗？

他说，其实我也知道今天是多此一问，但是我希望你能明白，撇开剑的事不管，我真的把你当朋友。如果不是有使命在身，你我根本不会到如此地步。你想想看，你们昨晚住在这酒吧里，今晚呢，明晚呢？你们今后的日子要怎么过？终有一天，你的父母会找到你和沫儿，处罚你们。到时候你后悔也来不及。我知道你不怕死，那么沫儿呢？她受你牵连你也不管不顾吗？跟我回目木之后，我可以安排人照顾你们，过上等的生活，而且全力保护你们。自然，我也不会逼你，你自己权衡一下利弊，我乘今天下午两点的飞机走，我会在机场等你们，机票和护照我都已经搞定了，什么问题都不用考虑，来不来你自己决定。

　　说完这些话，他就走了。

　　我转过头问沫儿，你说呢？

　　她说，你想得出更好的办法吗？

※　※　※

　　哈哈，你们还是来了。我很高兴，真的。子番开怀地笑了，看得出，他是真心的。我一直都记得那天晚上他坐在地上说的那些话——我想有个朋友。

　　在目木的生活实在让人不敢相信。两个人住在一栋面对大海的别墅里，里面的设施和摆设都是五星级宾馆里总统套房的标准。有好几个保镖和随从，不论什么事情都办得妥妥当当。来目木至今，一分钱也没有花。

　　目木跟中国也可以算是邻国了，气候等都差不多，没什么不适应的。有沫儿陪在身边两个人自由自在，要什么有什么，天仙一样的生活，在上海的时候想都没想过。没有争吵没有考试没有作业，少了很多烦人的事，当然也少了很多的烦恼。什么都不用想，只需要享受，爽得没话说。

　　真是太美妙了，我误打误撞竟然拥有了这么多，我觉得，如果不久之后就算是死了，也没有遗憾了。这是多少人毕生追求的荣华富贵啊，

刹那一光年

一夜之间就唾手可得。人生是奇妙的，只要曾经经历过，享受过，就足够了。因为不管是多么惊天动地的一个人，终究也要化成灰烬，什么都带不走。

当天我做了一个梦，梦里有古代的兵荒马乱，干戈玉帛，金碧辉煌……一会儿是战火纷飞到处是兵车刀剑的沙场，一会儿是歌舞升平纸醉金迷美女如云的宫殿，一会儿是沙土漫天的军营，一会儿是不见天日

的大牢。总之乱七八糟，梦里没有主人公，一切好像都是我的眼睛在看，好像我就穿梭其中。

已经很多时间过去了，一切都和刚来时一样。新鲜感过去了，生活又开始不再有什么波澜。目木的语言还是不太懂，电视看的是特意装的中国频道，上网依旧是从前的几个网站，看书依旧是在中国的时候经常看的那几个作家的书。每天重复着每天，无聊得一塌糊涂。原来没有了压力没有了烦恼没有了忙碌心里是那么地空空荡荡。本来在家里爸爸妈妈每天强迫我看的新闻现在却很喜欢了。看到自己的国家自己的城市里的人和发生的事，备感亲切。上海还是这样迅速地运转着，新闻以我再熟悉不过的方式报道着这些那些。只是在镜头扫过的街道上，为什么看不到我熟悉的身影，真有几分惆怅。沫儿说，我想家。我就说，你现在想家真的回到家里了又要像以前一样痛苦了。沫儿说，是啊，我知道。其实我说出来的理由连自己都说服不了。我又何尝不想家呢？身处异国，即便家乡是狼窝虎穴也会想回去的。这种感情可真奇怪。

我连续好几天都梦到了一个相同的夜晚，天涯共此时，竟夕起相思。一边是墙里女孩辗转反侧睡不着，一边是墙外公子独倚阑干思念烧。同赏一轮月，同在一片天，却是君住长江头，我住长江尾，谁也不知道自己正在被一个人思念，而那个人也正是自己所思念的人。他们所想的，只是自己的单恋，在下次见面的时候该如何掩饰。再然后我就不记得了。

刹那一光年

7

今天得到一个消息，目木的研究所已经利用那把宝剑破译了打开秦陵的秘密，子番是兴高采烈地来跟我们说的。对于他的兴奋，我和沫儿很无奈。境界高的人应该祝贺他，可是我没有达到那样的境界。我面无表情地听他说完，跟他说再见，然后回到房间里拉上窗帘钻进被子里。现在我们彻底地成了卖国贼了。秦陵是中国两千年以来传说中最神秘也拥有最丰富宝藏的古陵墓，而今却由外国人来破解，这对中国来说将是个耻辱。

我很想拿把枪把自己毙了。整天整天地躺在床上看天花板，想以前在中国的日子。中秋节的晚上熄灯后偷偷溜到女生寝室去打牌吃月饼，夏天互相串门送西瓜结果用西瓜皮打起来，晚自修下课在漆黑的树林里打着手电一边装鬼叫一边捉迷藏，圣诞节看着女生们抱着玩具熊对着蜡烛许愿，要考试了所有的闹钟12点钟一起响，政治课的时候没有人听课嘲笑老师的秃头课后又评论说政治老师其实是个好人，去划船结果变成顽童水战弄得全身湿透回家，给同学过生日用蛋糕当手榴弹扔来扔去，每个人脸上都被涂满了奶油……其实这些我都记得真的我一直都记得，泥泞刻画着的青春，风雨装点着的彩虹，彷徨的眼，年幼的脸。

想着想着我睡着了，梦见一首诗。

花儿的芬芳

鸟儿的飞翔

泉水的流畅

我——流浪

万里愁肠

止不住的心伤

童年的梦想

追逐岁月　奔向远方

成长

何必勉强

迷茫　思量　彷徨

多少痴狂

熔化在残阳

愿望

早就不是当年的

还是最最难忘

寂寞的明月照我还乡

魂牵梦萦的地方

人走茶凉

刹那一光年

　　人走茶凉……突然，我醒了，我想到一件事——爸爸。爸爸会不会受到牵连呢？这简直是一定的。我立即跳起来打电话给子番，问他知不知道怎么处理我爸爸，他说，不知道，玩忽职守教子不严，至少也得蹲监狱吧。我心疼，我无奈。到了这一步，我真的只有无奈了。

　　这几天真正叫"夜长梦多"了。多少次午夜梦回，长夜漫漫，独自一个人放飞思绪，任思念占满我的脑海。那么多事情，我都没哭过，被子番砍了一刀我都没有哭，可是现在我却忍不住了。我把一条被子都哭湿了，在这个时候似乎可以流尽　生的眼泪。爸爸妈妈，我想你们啊，你们是不是也一样想我呢？你们会不会恨死我了？将来再见的时候会不会不要我了？我就睡了醒醒了哭哭了睡，睡着就做梦，梦里一个舍生忘死的将军，跪在皇帝面前请求让他带兵去攻打楚国，皇帝说，怎么？你愿意去打仗吗？那可是个强敌呀，楚国近来南征北战，士兵个个勇猛，只怕卿要一去不回了呀。他说，大王不怕损兵折将，臣哪有害怕牺牲生命的道理。我不知道他为什么会有那么大的决心，不过如果现在叫我去打仗我也许也是如此。

　　好几次梦到他，连起来也有些日子了。我觉得很奇妙。

　　我仿照梦里的那首诗也写了一首，反正闲着也是闲着。我有感而发，没想到写了很长。因为是第一次写诗，写之前没想过会写成什么样。是不是再加一壶烈酒，就到了醉生梦死的地步了，酒中再加进痴人梦呓时的泪水的话。

好好的星期天下午，写到一半突然郁闷起来。真的是突如其来。忍不住想哭，很想很想。实在忍不住了，就往写字台下一钻，把脸埋进臂弯，眼泪涌泉而出。爸爸到处找我，一个房间一个房间地找，只听到脚步声和喊我名字的声音越来越近，又越来越远，一楼两楼三楼连储藏室也去了狗窝也去了就是找不到。当然最后还是找到了我。我还是不停地哭，爸爸妈妈都认为是因为小说写得不顺写不下去了时间来不及了。而我自己，却不知道为了什么。

小说，固然有原因。写了大半个暑假了，总有一件心事悬在那里，很希望快点完成了它。只是它像一头拖不动的老黄牛，任你怎么气愤怎么无助它就是一厘米一厘米地移动。每当下了决心要专攻小说的时候，总会有事情，比如谁谁过生日了要去啦，谁谁生病了要去啦，要上什么什么课啦，要返校啦。于是我很轻易地就被勾引了去，扔下电脑在家里独守空房。爸爸问，写小说，为什么这么痛苦呢。创作应该是一件快乐的事啊。不，不是写小说痛苦，而是我觉得写得不好，实在惨不堪言惨不忍睹。来时路不忍回首，不知道这样写下去是不是继续着一种错误，于是一步三回头。于是那么痛苦。我一边踌躇一边赶路，因为爸爸说，抓住机遇啊，这个暑假不写，以后再没时间了啊。妈妈说，如果想出去玩，就快点写完它。事实上，还有两个星期要开学了。

我拼命地为我的眼泪找理由。以前有好几次都是明明知道理由却不想承认，不断地和自己较劲。而这一次，我是真的不知道。心里很多烦恼，但都是小事，不足为理由。也许，正是这些小事，通通加起来就可

刹那一光年

以作为哭的理由了。有时候，越是小小的悲哀越可以见缝插针无孔不入，淡淡的，不经意的，然而持久。经常地缠绕着我的神志，直到把我脆弱的坚强打垮。于是我就决堤了，并且因为它的小，察不出原因。

爸爸说，写不出东西的时候出去散散步。于是我们去散步，爸爸说，你看那只狗真好看。爸爸说，你看那辆车子被撞过一下。爸爸说，你看这家人家的梨树只结了三个梨。他就是不说小说。其实他的脑子里一直在想它。

我跟爸爸说，如果我写完了小说还有时间，我要睡觉，睡个三天三夜。爸爸说，你这两天又没有很晚睡过。我说，可是我很累。真的，我很累，我想，睡着了就没有心烦的事了。

※ ※ ※

这些日子白天也在被子里，以致于我已经有点分不清楚梦境和现实了。说来奇怪，虽然子番他们破译了打开秦陵的秘密，可是什么事情也没有发生，我其实用不着这样悲伤的。可不知道为什么，我的梦里总是古代的战争，经常几天几夜的鏖战，仿佛我也正在其中打仗，在梦里我很清醒。

现在我们在网上已经和同学恢复联系了。目木和中国没有很大的时差，而且现在他们高考也都考好了，正放假在家。沫儿整天在计算机前聊天，彩彩考上了财经学院，那个曾经是我的目标。他们经过了高考，想起那段时光，依然心惊胆战。打电话查询分数时听电话里那个毫无感情的声音说"本审讯电话每分钟收取电话费两元，请您输入您的准考证号码……"彩彩说她真的火很大，后来那个声音报出来的分数还不错，回过头来想想，其实那个声音也挺甜美的。甚至，彩彩说，已经知道自己的分数到了财经学院的分数线，收到录取通知书的时候还是紧张，害怕那里面写的不是财经学院，害怕天有不测风云，害怕突然有一天一个夹着公文包梳着小分头的男人敲门说，对不起，成绩搞错了，您应该进不了大学……我们都笑彩彩是杞人忧天了。

我的几个兄弟也都考得不赖，他们结伙儿到香港玩去了，只有吴辰一个人，考得不好，整大闷在家里说些想要跳楼之类的话，我还以为他永远都没忧愁的。不过错了，就像当初很多人也认为我是没有忧愁的。也许越是看上去无忧无虑的人心里就越闷。心事就像一壶酒，越放越陈。什么时候也到太阳底下把心肝拿出来晒晒。我劝过他，进什么大学都一样，只要自己努力，老天不会负了有心人。那是一个新的起点，意味着新的生活，要带着满满的信心和期待去迎接未来，挑战自己。一边劝一边想，换了我肯定做不到。道理有谁不懂，只不过受了这种打击任何人一时半会儿都回不了神。其实想想我有什么资格去劝导别人，自己尚且有心理障碍呢。

吴辰告诉我，我爸爸妈妈到他家里去找过，问过，可是当时他也确实不知我的去向。他说爸爸妈妈比以前他去我家玩时看到的样子要憔悴得多，可以说根本没了人样。那个时候他就想，如果他真的知道我的

刹那一光年

去处，一定把我揪出来给爸爸妈妈赔罪。吴辰说，后来有了我的消息，可爸爸妈妈也知道了，他去看望过他们，但是……他没说下去，只是不住地在屏幕上面打唉唉唉，还说，你真是的。

我也听彩彩说过，她以前看到过寻人启示，还有在晚间新闻里也有过寻找我的一期节目。想像得出来，两个年近半百的人，跑遍整个城市，想尽一切办法，最终只好坐在床上叹气，担心，思念。当儿子终于有了消息，却是他已经成了罪犯。

我一个人窝在被子里，到了这个地步，已经没有什么好怕的没有什么担心和负担了。这似乎正是我要寻找的乐土，在这片乐土上放肆地浪费时间放肆地胡思乱想放肆地做奇怪的梦放肆地流眼泪。我也不去多想利弊，就这样吧。除此之外也并没有什么别的事情可以干了，干什么都没心思。

※　※　※

上网时看到一则消息，中国遗失了一把宝剑，这把宝剑来历十分不寻常，传说秦王当时为了使秦王朝能够万世延绵，根据占卜师的指示请隐居在东海无名岛上的铸剑师将赤橙黄绿青蓝紫七种颜色不同的剑合铸为一把，称"七雄合一"。秦王归西后不久，大秦王朝被各路而来的起义军震得摇摇欲坠。弑兄篡位的二世整日恶梦不断心神不宁。占卜师说只要让"七雄合一"去守护先皇，他的灵魂才能得以安宁，二世自然不会再做恶梦。二世请来全国各地出色的工匠师，他们设计了一套完美的机关——当剑放在指定的位置，会射出一道无比耀眼的彩虹，直钻墓门的开启孔，墓门便会缓缓打开。传说中，墓门之内的宝藏更是不计其数。

看到这个传闻我心头一震，这把剑可千万不要是我偷出来的文物啊，千万不要是我想的那样。

子番来找我，说他们已经破译宝剑的秘密，为了获得探得秦陵内的宝藏所在，他们已经派专家向中国出发了⋯⋯

什么？！听到这些话，我和沫儿同时喊了出来。担心的事终于发生了⋯⋯

我抓住子番的手臂说，我要你办一件事，办成了，我会感激你一辈子。你去跟他们说，不可以去中国打开秦陵！子番说，这不可能。他们这一次进入中国寻宝，是算准了时间和经费的，我气急败坏地说，不行，绝对不行。你带我去见你们有这个决定权的人。他说，你一定要见？要是闹僵了，你和沫儿可就没地方住了。我这时候突然想起梦里诺儿的爸爸跟他说的话，死也要死在自己的国土上啊。我对子番说，我本来就不可能再住在这里的，一样都要回国去。子番说，好吧，随便你。

刹那一光年

一个同学做化学做得无聊至极就打电话来聊天。他说，我看了你第二次发过来的小说了，我觉得你自白的部分比小说写得好。我说，那是自然，这个写起来有感觉，顺手。第一次给他看的时候还没有自白的部分，他把我骂了个狗血淋头。后来他再要看我就不给了。他为了要看就又说了很多好话。所以我很是怀疑这一次他说的是真是假。不过姑且认为是真的吧！这样，我更有动力写下去。

给子番留了条，当天晚上我和沫儿就整理了东西趁着月黑风高开溜了。这样假仁假义过河拆桥的国家我一秒钟也不想多呆下去。幸好子番给办好的护照在我手里，所以一切手续办得挺顺利。

上了飞机心里总算塌实了。

我问沫儿，我们这样走了，感觉是不是好像那种誓与国家共存亡的义士？

她笑笑说，有点。不过也确实是这样的嘛！

我说，你有没有后悔？

她说，没有。回国是对的。

我说，不是这个。我问的是你跟我出走有没有后悔？出了这么荒唐的事，我们将来必定要受到惩罚的。

她说，呵呵，你这回可要出名了啊。不过，我们也斗争过了，到这一步实在是迫不得已的。现在我们不是回国去了吗？我不后悔。

我没说话。

她说，别想太多了，睡一会儿吧，飞机还要飞很长时间呢。

我点点头。

啊！我叫出了声，醒了。刚才做恶梦了。我梦见一把长剑，像一条游动的大蟒蛇一样扑过来。叫出声的那个瞬间我只觉得心口疼得撕心裂肺，渐渐地越来越清醒就不怎么疼了，隐隐约约还有一点感觉，再后来就一点也没有了。几乎忘了刚才的疼，就好像那也是在做梦一样。

突然之间，以前做的梦都在脑海中像电视回放一样地过了一遍，我突然有个强烈的想法，那个梦中的诺儿是存在的或者至少存在过。我要去找他，活要见人死要见尸。我相信凭着直觉我一定可以找到。

我转过头去跟沫儿说，你还记得我跟你讲的我梦里的那个人吗？沫儿说，哦，我知道，他也叫诺儿的对吧？我说，是啊是啊，我们去找找看好不好？他是赵国的人，我们正好再到邯郸去，那是他住的地方。然后我们再到陕西甘肃那边去看看，那是以前的秦国。沫儿说，好啊，反正去哪里都一样。嗯，钱够不够？我说，应该够的，我们从目木还带回这么多钱，可以随时兑换。沫儿说，那好。哈哈，可以算探险了吧，应该会很好玩的。我说，我们这是去寻梦。

8

　　飞机着陆了。下飞机的时候，心中顿时升起一种沧桑感。当初就是同一个机场，我们跟着子番到了目木，现在终于回来了。我真高兴，好久没有开怀过了。虽说这里比目木的城市差远了，而且又要开始没地方睡觉的生活，可是我觉得心里特别踏实。一时间我又好想回上海去看看。但是算了，因为回了上海就别想再出来。还是先解开梦中的疑团吧。这样就算是被抓住了也没有什么遗憾了。

　　我和沫儿出了飞机场就去换长途汽车，和当初从上海到邯郸的路线一样，也是那个车站，说不定乘的是同一辆车。但是心情很不一样了，或许人也变了，只是自己没有发觉。那时候心情很复杂，离开了家的惆怅和害怕，和沫儿一起出来闯荡的兴奋和没把握，对新的生活充满了希望和茫然。觉得自己刚从一个地狱里逃出来获得了新生，前面的路任重而道远。而现在呢，只要在自己的国家里就好，可还是想家，想上海，想念那个曾经被我认作是地狱的地方。现在我不再迷茫，我知道自己要干什么，目标明确，兴致勃勃。

　　空调坏了，车上很闷热。我看到沫儿额头上的汗一滴一滴地往下落。于是我拍拍前面的人，开一下窗好不好？我脱口而出用上海话说的，正准备用普通话重复一遍，没想到他竟然听得懂，说了声哦就把窗户开开了。我诧异地看着他，他也反应过来了，诧异地迎着我的目光。还是他先开口了，嗨，你也是上海人啊？我说，啊，是啊是啊。看你的样子不是来这儿工作的吧？他说，啊，我是在上海上大学的，大四，历史系，来这里社会考察，做课题。我说，哦，这样啊。我们正好要考古，那我们一起走吧。你叫什么名字？他说，我叫周自恒。我说，野渡无人舟自横啊。他笑笑，看了沫儿一眼，说，是啊，你呢？我说，哦，我叫陈诺，她叫纪沫。周自恒突然很兴奋的样子，啊？纪沫？听上去好熟啊，我表妹有一个好朋友好像也叫纪沫的，她跟我说起过。沫儿说，是吗，真巧啊，有机会我也见见你表妹和她的好朋友。周自恒说，那当然好。你们两个是同学吧，多大啦？沫儿说，该读大一了。周自恒显然没听懂，顿了顿，没有问下去，我和沫儿都松了一口气。如果他知道了我们的事情，也许就不会同意和我们同行了吧。想到这里倒提醒了我，现在还没有人知道我们已经回来了。如果一旦消息传出去，我和沫儿就麻烦了。只要被发现，我们就在劫难逃。所以要尽量往乡野的地方去。

　　我们三个人就结伴而行到了邯郸的郊区。真正是荒郊野外，一眼望出去不是农田就是小茅屋，猪啦牛啦鸡啦到处都是。多亏了周自恒有学校社会考察的图章和学生证，我们住了当地的农民家里。听说每年大四来这里考察的学生都住在这个村里的农民家。

　　第一晚睡得很不安稳，做了一个梦，梦里什么都没有，但是我记得这个梦里是有颜色的。红色和黑色交织在一起，纠结缠绕，仅

刹那一光年

此而已。

　　一早起来我就去隔壁找沫儿，周自恒正在房间里，是去给她送早餐的。我说，咦，那正好，我们一起吃早饭吧。周自恒说，嗯，也好。本来想离开这里就去你那里的，现在看来也不用了。我刚到厨房去看过，实在没什么吃的，这些已经算挑出来好的了。这里的东西就将就着吃点吧。沫儿说，没什么呀，你也是第一次来这里，你受得了我们也受得了啊。你把好东西让给我们，我们已经觉得很不好意思了，谢……周自恒说，哈哈，你刚才都一直在说。我先走了。过会儿见。他走了。我问沫儿，你刚才一直都在说什么？沫儿诧异地看着我，没什么啊。我说，那他刚才不是说……沫儿打断我的话，你怎么突然傻啦？他就是叫我不要再说谢谢了呀。我还是没有想明白，不过这也无所谓，现在不是计较这些的时候。我想我要赶快把梦里的人找出来，阻止目木人把秦陵打开，时间拖得越长，我和沫儿的危险就越大。

　　沫儿问，今天我们要怎么行动？我说，不知道，现在没有眉目，怎么找啊！我昨天怎么会没有做梦呢？自从到了邯郸，我就有一种说不清楚的感觉，那感觉很强烈，我觉得他一定就在这附近。如果按照我的想像，这个地方他起码来过，住过，这里是他印象深刻的一个地方。可是当这种感觉越来越强烈的时候，我为什么梦不见他呢。沫儿说，不要着急，我们可以等，一时半会儿警察发现不了我们。目木那边我们不是给子番留了信了吗，叫他们不说就是。他们本来就不在乎我们的去留，不会讲出去的。我就不信，你平时三天两头要梦见他的，现在来到了邯郸反而梦不到了？今天晚上再看看吧。我说，嗯，也只有这样了。那今天我们就到这附近转转，感受一下乡间的风光吧。我还没和农村这么亲近过呢。好不好？沫儿说，当然好，听你的。我说，那你准备一下，过会儿就出发，我先回去了。

出门和周自恒撞了个满怀。周自恒说，啊，我来找你们商量一下，今天和明天我要去把邯郸的一些景点都游览一下，顺便再买点资料，书籍和地图之类的。这里的博物馆小有名气，一般人到邯郸来玩都必定要去的，你们不是正好要查这里的历史事件吗，要不要和我一起去？我回头看沫儿，她说，随便你咯。我说，那也好，一起去吧。

走进博物馆，我看到胡服骑射的锻铜壁画，心里猛地一震，等一等，我记起来了——

我在看赵国历史的时候，想到平原君的"不能爱色而贱士"。为了爱姬见到跛脚人蹒跚汲水而笑就杀了她，值得吗？我觉得似乎不用为了跛脚人的尊严而牺牲了一代佳人的性命。若是要表示诚意，负荆请罪就足够了。难道廉颇认识到错误之后也要自刎明志么？他这样随随便便地杀人居然还能被传为佳话。不错，他礼贤下士广招人才是对的，但是他的做法过于极端，我认为不妥，极为不妥。也许平原君也思念他的爱姬，他觉得自己忍痛割爱的行为很英雄很悲壮，可是他有没有想过这值不值

刹
那
一
光
年

得，有没有更好的办法。也许那位佳人至死也未能明白自己不经意的一笑会引来杀身之祸。

或者是我不了解当时的形势，我总觉得，如果有心认错，大家不会分不清是非死缠烂打地要杀人吧！

那画上的人——他——他是——

胡服骑射，金戈铁马。八百里分麾下炙，五十弦翻塞外声。沙场秋点兵……

诺儿你怎么了？周自恒问我，怎么突然停下来？我清醒过来，说，没什么，走吧。

一天下来，的确很累，几乎大半个城都走遍了。不过还是再看会儿书吧，抓紧时间。今天在那些景点买的书我都挺感兴趣，看完了之后想想哪里可能会有线索。

※ ※ ※

昨天晚上又没有梦见他。为什么我开始找他了他却不出现了呢？这真是一个谜啊，难道他不想见我？还是天意不让我们相逢？或是别的什么原因吧。今天周自恒还是要继续去考察，说是去邯郸市西区。我们也还是跟他一起，先去问问，什么时候出发。

周自恒的房间里没人。一大早能跑到哪里去呢？

沫儿房间里也没有人！人呢？都到哪里去了？！

我问一个老伯，他说，他们很早就出去了，都一两个小时了。我看了看表，靠，11点。怪不得。可是，说好一起去市西的啊，怎么也不叫醒我就两个人走了呢，难道沫儿也同意？哎，算了，不去也无所谓，我继续睡觉，不梦见他我誓不罢休。反正也没什么东西可以吃，睡觉就不饿了。等他们回来再质问他们。

一觉醒来已经是傍晚了。我还真能睡啊，也许因为昨天看书看到半夜三点多的关系吧。只是这一觉睡得很不舒服，现在腰酸背痛的。那么晚他们也应该回来了，去看看。

还没回来。

居然还没回来！！！

怎么回事嘛，到哪里去了？我想也没有用，出去找找看吧。不行，出去找，要是我迷路了，也回不来了怎么办？说不定他们已经在路上了，说不定市西很远，或者堵车，都有可能。我就不要杞人忧天了，不会有事的。还是再等等看吧。

我呈大字型躺在床上。总觉得心慌慌，像是出了什么事或者要出什么事。也不知道是梦里的诺儿出了事还是沫儿他们出了事。不对啊，如果出了事，也早该有人来通知了。莫非他们两个……不会不会，我和沫儿是高中三年的感情，又一起经历了那么多的事，就两天的工夫沫儿怎么会呢。那会不会是周自恒把沫儿怎么样了？回想起来，第一次在长途

刹那一光年

汽车上他看沫儿的眼神，昨天早上他去给沫儿送早餐，在路上他问沫儿要不要休息……我不能逃避现实不能逃避，也许，也许是真的？他把沫儿带走了？

突然听到门外有喧哗的声音。我连忙跑出去看。

9

只看到村里的人似乎都出来了，围了里三层外三层，大家都在指指点点地议论着什么，我跳起来往圈子里面看了一眼，顿时觉得天旋地转。圈子里面站的就是周自恒和沫儿，他们两个都头发乱蓬蓬的，衣服也破了，扣子也掉了，沫儿还好一点，周自恒的衣服已经脱下来，破得不能穿了。他们站在大家中间，低着头。沫儿歪着头像是在偷偷地看周自恒，周自恒也似乎迎着她的目光。

我跌跌撞撞地走回房间里去，看到床就倒下了。拼命让眼泪不流下来，可是没有用，泪水就一滴一滴地滴到枕头上。我记得我跟子番说过的一句话，男儿有泪不轻弹，只因未到伤心处。现在要我说什么好呢？我伤心至极痛心至极我的心都要碎了，我控制不住。过了一会儿我开始神志不清了，眼前飘过胡服骑射的壁画，再然后就什么都不知道了。

　　我醒来的时候沫儿已经换了衣服，坐在我的床边。她看到我醒来，就问我，他们说你睡了一整天，怎么了啊？一直睡不好的，要睡成猪的。起来了起来了，等你吃晚饭。我下意识地把她推开，说，你……我不知道现在该说什么能说什么，所以说了一个字就没有说下去。沫儿说，你要说什么？怎么不说了？我一下就火了，操，装什么装啊，给你脸不要脸，你想怎么样啊？我知道沫儿平时最讨厌人家说她不要脸，但是现在我也顾不得了，我难受，难受得要爆炸了。她的语气变得有些气急败坏，她说，你什么意思啊你？你知不知道你自己在说什么啊！我不懂。我说，你别装糊涂了，别这里装清白，你滚！沫儿说，莫名其妙，你有病！我说，好啊，被我说到要害了恼羞成怒开始骂人啦，没想到你会干出这种事情。你还赖这里干什么？我请你出去，纯洁的大小姐！沫儿夺门而出，我看到她眼睛里涨着泪水。

　　我把门朝她出去的方向重重地一摔，转身倒在床上。我很累，可是我再也睡不着了。沫儿的泪水像是流到了我的心里，我脑子里都是她装满泪水的眼睛。好久没有这样绝望了。自从从家里出来，不论是多大的事情因为有沫儿在身边我从来都没有绝望过，就像林忆莲的那首歌，至少还有你。然而，现在，哈哈哈，哈哈哈，我是不是疯掉了？我有一种想放声大笑的冲动。就让我心里由来已久的所有悲哀都在笑声中动摇，融化，消失……

　　我发狂似地乱笑一通又放声痛哭，很多次有人敲门我都没有理睬。突然我觉得事情也许并不像我想的那么严重，衣服破破烂烂并不代表

刹那一光年

他们一定干了什么事。我知道自己又在自欺欺人了，可是我还是无法接受。而且我还是不太相信她会干那样的事情。进而我又想到我刚才说的那些很严重的话，如果那真的是一个误会，她大概也很难原谅我了。很后悔自己刚才什么事都没搞清楚就开口骂人。如果她另有委屈，我也只有心疼，没有怨恨。她自己一定也很难过，我那样说话，她不是更加难过吗？她一直都不肯承认，说明她想回避这个问题。哎呀，我那时侯一时太冲动了，现在要怎么弥补呢？还是去找她把事情问清楚了再说。

沫儿，沫儿，你跟我说说清楚，到底是怎么回事。

哼！你刚才的话我都记住了，没关系，我会马上消失的，你不用知道是怎么回事。

我怎么可以不知道呢，沫儿，刚才是我太冲动了，我道歉。现在你给我把事情的来龙去脉都讲一讲吧。

我不想讲！可不可以啊？我不是那种招之即来挥之即去的女孩，我想我有权力不讲给你听。可是我分明看到她的眼泪一滴一滴地往下砸。

你不要嘴硬了，那你为什么又要哭呢，你不要再哭了，我心疼。是我不对是我不对，你说啊，到底发生什么事了？

我……我……她哇地一下子哭了出来，倒在我的怀里，说，本来已经够倒霉的了，我有一肚子的话要跟你说，一见面你就那样说人家，我哪里错了嘛！

好了好了，你说吧，怎么回事，两个人一大早出去那么晚回来，又弄成那个样子。

原来，他们是早上见我没起床，想到外面去买点象样的早点回来，回来的时候碰巧王老伯家的一条狼狗没有栓住，沫儿手上拿着吃的东西，狗就上前意图让沫儿给它点吃的，沫儿不知道，吓得掉头就跑，狗就一路追在后面，直到沫儿跑不动了，摔在地上，狗就要咬到沫儿的时候，周自恒也追到了，就搬起路边的一块大石头，朝着狗的头砸过去，那狗惨叫一声，转过头来往周自恒身上扑，周自恒抓住它的脖子试图想把它甩掉，可是狗的力气也很大。沫儿就搬起刚才那块石头狠命地砸，就这样搏斗了一番，两个人都弄得狼狈不堪。又因为沫儿逃跑的时候没看方

刹那一光年

向瞎跑一气，所以他们迷了路，乡间又没有什么人什么车，只好一路自己摸索回来。

我还以为……还以为……惭愧惭愧。

你以为什么？

没，没什么。

那你前面神经兮兮骂的那些话又是什么意思啊？

哎呀，没什么啦，我搞错了，嘻嘻。

哦！我知道了，好啊你，你想到哪里去了！

我说了对不起啦。

什么对不起啊，你说那么难听的话，把我想得那么坏，一句对不起就够了吗？

那你要怎么样啊？

现在我还没想好，以后一定有办法治你。

哇，我好怕怕哦。哎，对了，你走了那么多的路，脚酸不酸啊？

当然啦当然啦，你去被恶狗追在后面试试！还经过了一场生死搏斗，又经过了长途跋涉我才回来的。

是是是，我一定要好好珍惜。

知道就好！你前面那样子……

不要说了嘛，我不好我不好了，可以了吧。

哼！！

沫儿！是周自恒的声音，他推门进来，看到我，啊，你也在啊，哦，我没事，没事。就是送点治伤的药。他把药放在桌上，转身便走了

奇怪了，他没事他来干吗啊？不对，不是没事，是因为我在所以没事，那我不在的话就有事了？！他……我不能乱想不能乱想。毕竟他拼命地救了沫儿，而且身上一定受了很多伤。听沫儿跟我讲的时候，她的神情还是很害怕的样子，搏斗似乎的确惊心动魄。换句话说，就是他为了救沫儿，与恶狗展开了惊心动魄的战斗，身上还多处负伤，现在还来看她，还来给她送药，还……哎呀说好了不乱想的，人家一番好意可不能被我误解了。

喂！你怎么不说话了？想什么呢？

啊，不是，我在想，那你们把王老伯的爱犬杀了，他要怎么处置呢？

我们说了赔他 300 元钱。还能怎么样啊！难不成我去变成狗？

哈哈，要变也是我替你变啊。

对了，周自恒救了我，我要怎么感谢他才好呢？

不知道。

咦？你怎么了？

没什么，你要感谢人家，自己想了。

刹那一光年

10

走出沫儿的房间，我第一次抬头去欣赏这里的天空。果然，乡下的天空就是比城市里的明朗清新，一望无际的碧蓝，挺好看的。不可否认，生活有时候的确很美好。

> 总就几首歌是要听腻的，何况我是一个非常喜新厌旧的人，要不断地加入新鲜的东西才行。我在网上寻觅一首不算很老的老歌很久，但是它在网上似乎绝迹了。终于功夫不负有心人我找到了并且下载下来了。我开启播放的那一刹那，有一种感慨，就像是快要见到失散多年的知己。而听到那首歌的声音，没有一丝的改变，一切如旧，真是百感交集。因为它让我想起了和它有关系的一段往事。真不知道那些人是不是也像歌声一样没有改变。
>
> 如果你们看到我这一段文字，可不可以给我你们的消息。我很想念你们，其实我一直都很珍惜这份感情，一直以来我都期望它是永恒。那首歌叫《笨小孩》。

这样多好，沉溺在一个远古的梦里。脑子里浮现出这样的一幅画面，背着行囊在蓝天白云下寻找梦里的那个和自己一样名字的神秘人，我笑了。有点做白日梦的感觉，有点花痴。不过，也许每个人少年时代都有过这样的憧憬吧，憧憬着行者无疆四海为家的诗情画意，憧憬着天地之间惟我独尊的壮志豪情，憧憬着亦真亦幻如梦如痴的道骨仙风。

咦？地上的这个是什么东西？脏兮兮的。我把它捡起来，拨掉外面粘着的泥块，是一个青铜色的小盒子，看着好眼熟。我感觉到一股强大的力量在冲击着我的记忆，像是黄河之水天上来，强大的水流冲开记忆的阀门——是，我记起来了，这个青铜小盒子。诺儿挂在脖子上的，诺儿到哪里、干什么，都随身挂着它，须臾不离开。不管怎样，我要把这个青铜小盒子带回去，说不定哪天看到了又会想起什么。

又没有梦到。

今天不会再有什么问题了，该去市西了。我很期待，听说那里是古邯郸城的遗址。说实话，我很期待我能找到梦里的那个人，和他把酒言欢，深夜密谈，像当年在宿舍里兄弟们大家都半夜睡不着觉的时候一样。互相吐露心事，互相警告有把柄在自己手里千万不要把自己的心事说出去，互相安慰互相嘲笑。现在想想，校园里的那段生活，真是美得没话说，可是早就成回忆了。回忆，可以说是最没用的东西，它总是让人沉浸在过去的美好和对现实的回忆当中，拖人后腿。却也可以说是最有用的东西，它是经历是拥有是永恒。回忆这个东西，我从来就没看清过它。

三个人到了目的地。一下车就有一座学步桥，我认为一座破桥没有什么可看的，不过沫儿偏要去，周自恒也嚷着要去，那只好服从多数了。

刹那一光年

我对这座桥不太有兴趣，因为我觉得这一定是后人造的，邯郸学步仅仅是一个典故，是否确有其事还没个准儿，怎么会专有一座桥呢。于是周自恒去给沫儿拍照的时候，我就一个人站在桥上，临风而立，心里想着，梦中的诺儿，你在哪里呢？

突然，有人拍拍我，一回头，是个闲来无事的耄耋老头儿，似是想找人搭讪解闷。他说，小伙子啊，你知道学步桥的故事吗？我说，知道啊，就是一个燕国的人来到邯郸觉得这里的人走路姿势都很美，就跟在人家后面学，学到最后连本来的走路都不会了，只好爬回燕国去。老头儿故作神秘地说，你有所不知，传说在战国的时候，有一个秦国最漂亮的公主扮成男人到邯郸来，邂逅了一个赵国的年轻人。这时候来了那个燕国的人，他觉得那公主走路的样子很好看，就唧唧喳喳地跟着学，搅了一段良缘。可是，这老天爷注定的事儿，那是任谁都无法更改的，于是后来……

11

老头儿还在津津乐道地说着，我却陷入了一个梦中，是啊，记起来了，那老头儿说的赵国年轻人，不就是诺儿吗！有一天吃完午饭他走在一座桥上又蹦又跳，根本没有注意看眼前的路，不小心撞到一个公子，那公子长得甚是俊秀，大大的眼睛明亮得像闪闪的星星，白皙的皮肤在阳光下更显光泽，十足小白脸。那公子显然是富贵人家出来的，从小娇生惯养没被别人撞到过，尖叫一声兔子般地跳开了。若不是爹从小教他不能无礼，诺儿早就脱口而出，你怎么像个女孩子家似的。身后跟着的两个人上前一步，被公子用眼神示意退下。诺儿定定地看着他，可是那公子的脸上莫名地泛起一朵红云。诺儿正准备开口说对不起，突然听到后面来了一个疯疯癫癫的小男孩，说，姐姐，你走路真好看，你是怎么走的，教我教我。公子顿时满脸通红地训斥，你男女不分啊！我是男的耶。然后就逃离一样地走了，后面两个人紧紧地跟上。不过诺儿也不得不承认，他走路的姿势确实好看。即便是逃离，也是那么婀娜。不对，这个词语不太恰当，因为他是男的。转头只看到那个小男孩锲而不舍地跟在公子后面跟他学走路，学得甚是滑稽。

等我再回过神来的时候老头儿正在讲他的结束语，他说，后来我就不知道了。我笑笑，老爷爷，谢谢你给我讲了那么多，我该去找我的朋友了。老头儿笑咪咪地点点头，再见。我说，再见。

沫儿蹦蹦跳跳地过来，说，喂，诺儿，你想什么呢！我想，她的样子真像那时的诺儿。我说，没什么，让我再在这儿多呆一会儿吧，你们先去找地方吃饭。沫儿抢着跳了起来，嘿嘿，刚才是谁不肯来这儿的？真的来了反倒赖着不走了？周自恒拉拉沫儿，我们走吧。我仍然站在桥上，这里，诺儿曾经来过，遇到过一个漂亮的公主，而今我也在这里了。说不定我脚下踩着的这块地，也是诺儿当年踩的地方。千年以前，这条

刹那一光年

河也是如此这般么？我想像着诺儿放舟于此，江阔云低，断雁叫西风。或者，换一种幸福的假设，春水碧于天，画船听雨眠。如果诺儿在战国时期确有其人，那么我会不会就是诺儿的投胎转世呢？呵呵，真是个无聊的问题。

离开学还有仅剩的几天，并且其中有一天是返校有一天是开学的前一天还有一大堆没怎么动的暑假作业。一定要在开学之前写完，这是很久以前就被灌输的思想，我自己也有过保证之类的。于是开始实施我的发奋行动计划，叫提前去学校做开学准备工作和新生入学工作的住宿舍的同学半夜两点打我的手机喊我醒来。手机开在振动，半夜的时候它就真的在枕头底下不安分地振动起来，硬是把睡得正香的我从老远的地方拉回来。那时火气真大，很有种冲动把我那同学骂一顿。不过只是想法而已，毕竟人家也是开着闹钟先把自己拉回来再来拉我的。

同学拼命地问我为什么非要半夜里起来写。我白天没有时间紧迫感，算下来一天必须写八千字以上，为了完成这个对我来说看到要受刺激的数字，只好挑灯夜战了。第二天父母说，你来得及吗？昨天又没有完成八千字，我跳了起来，谁说没完成了啊！经过证实还真完成了，父母都很意外，念叨着，难道我记错了？唉，老了老了，记性坏了。我暗自阴笑。

不过凌晨起来写有一点不好，会自己吓自己，尤其是写这些古代的东西，尤其是写到那束用红丝线束好的头发，神神叨叨的，有点怕怕。

诺儿，你今天怎么了？也不说话，是有心事还是太累了？吃饭的时候我仍然沉浸在那个梦里，反复地回想，直到沫儿的话提醒了我。

啊，没什么，吃饭吃饭。吃完了饭我们再到哪里去呢？

回车巷。

哈，不会是廉颇和蔺相如的故事吧？还真有这么一条小巷被他们找到了？有历史依据吗？

管他呢，去了再说啊，反正没事做，一个一个地方去嘛。你别又说不去到了那里又不肯走啊。沫儿挥舞着筷子说。

好，去，去。你说要去我怎么会不去呢？不过你们两个真够……话说了一半被沫儿瞪了回去。

哎呀，有短消息进来了。沫儿放下筷子，开始摆弄手机。沫儿一个人自言自语，哎，是彩彩，她终于换新手机了，好久没联系。

什么？彩彩？哪个彩彩？周自恒发问。

就是，就是彩彩呀，她是我们的高中同学。

你们哪个高中的？

上海市第七中学的。

啊，你们说的那个同学，她是我的表妹哎！

是吗？怎么会这么巧，真是太巧了，我们在一起好多天了，现在才发现。

听表妹说，你们班级有一男一女两个人离家出走了，然后碰到一个目木的骗子……

啊，那个嘛，就是我们呀。我还没来得及阻止沫儿，沫儿就说出去了。目前，除了彩彩，没有人知道我们已经回到了中国。彩彩是多年的同学，我自然相信她。可是这个周自恒，在我的感觉里总觉得他不是一个能够生死与共做好兄弟的人，也不知道为什么，我隐隐觉得告诉他不太好。但是我也不忍心去责备沫儿，因为从她纯净的眼睛里我找不到丝毫的防备，只有真诚，只有真诚。

周自恒顿了顿，说，哦，这样啊。

沫儿并没有注意到周自恒的表情有些不自然，她说，我出去一下哦，给彩彩打个电话。回来之后就开始滔滔不绝地为我们第一时间传达彩彩的话。

彩彩说，他们大学宿舍经常可以听到对面男生寝室里吉他弹唱的《丁香花》。

由于管寝室的老师不严格，所以做些坏事情是比较容易的，例如半夜偷偷去"琴房"包夜，这还不是一次两次，整整一学期。这还不是一个两个人，可以以班级为单位，至今仍在逍遥中……

上述做法是很冒风险的，有一种比较好的，如伪造走读证，据说上一年级的某班，仅靠一张伪造证件便使得35个人全部通关！

他们都是小人物，说实在的干坏事没个大人物带头是不行的。例如现任学生会主席曾一拳把一块有机玻璃打了下来。在最近，发生两起学生砸坏寝室黑板的事（系一人所为，该男子握力85公斤，政教主任也对他没办法），据说后一起是这样的：该男子叫A。一日某人在寝室黑板上写道：丢失黄色小内裤一条，拾到者请速归还给。落款是Ａ。Ａ同志静静地将它擦了。时隔一个月，又有人在上面写道：谢谢Ｂ（Ａ的女朋友）同学奉还的黄色小内裤。落款仍然是Ａ。然后跟了一条：谢谢Ａ同学奉还在床上捡到的粉色小胸罩。落款为Ｂ……隔日老师是这样教育彩彩他们的：请不要将个人的隐私写在公共场合……

他们有一个老师，姓沈。此人做事一向神不知鬼不觉，且处罚时总是堆满笑容，当然除了学生对属下还是比较客气的，例如他们的某一教师在政教处打红警，而且出了事还不知道关，沈老师只给一句：这小子，太空，以后找点事让他做做。当然他也有比较好的时候，前不久赶上五一，对于大多数的教师来说，是个结婚的好时候。年轻力壮的成功男士沈老师也同样赶上了这班车。一个普通老师结婚没什么，但他是全校皆知的大人物，而且是全校很多女生心目中的帅哥（为了不破坏这一形象，

刹那一光年

在N次联欢会上，他们大叫他出来唱支歌，可是他总是立即躲在角落里不出来），此举着实让很多人伤心，其实历届的女生大多如此（那教师来校以后）。其实呢，老师和其他女人结婚也很正常，但偏偏沈老师找的是财大的某届校花！据传，当年也正是因为此老师，她才报了历史系（他是历史老师）。只可惜他们大一的团总支不知道封好嘴，把办公室听到的一五一十地抖了出来。这下那教师没辙，便在全校他所任教的班级中象征性地大发喜糖！为了这件事，他在某次课上这样教育学生：大家不要早恋，我是有切身体会的……

可惜沈老师还没有度完蜜月便在某天夜里被叫回了学校。那天大二的辩论赛刚过，已经决出胜负，可惜有很多人不满，便上演了财经学院传统性的节目——闹事扔东西。当晚，首先是一连串鞭炮的声音（据推测是N响），顿时，寝室楼黑压压的，挤满了全校几乎所有的学生。过了一会儿，开始听到"乓"、"乓"的声音，每次过后全校都发出了欢呼声，或者说"再来一个！"不久便达到了高潮，只听得三四楼传来的"Well，Well……"的歌声，震耳欲聋，同时东西也扔到了高潮，热水瓶、玻璃窗、拖鞋，甚至大量的扑克牌像雪片一样飞下来。为什么说是传统呢？首先是她们寝室头顶上的宿舍当即有人表示明年继续！其次亲爱的沈同志乘着出租车风尘仆仆地赶来解决问题，看此情景给了句评价"比去年好"，据传去年一届直到23点还在继续。隔天早上，保洁阿姨身后堆着数不清的装满热水瓶的垃圾袋……

沫儿说得眉飞色舞，周自恒一直在旁边赔笑，让我觉得恶心，也进一步觉得他不是什么好东西，整个一个道貌岸然的假好人。想起来，当初我们在学校里的时候也是这样的。只是那时我们是当事人，是我们兴高采烈地自豪地讲给别人听。而现在，变了。有许多欢乐，只有经历的人才能懂，虽然在我听来不好笑的事情，我却能够想像他们的快乐。真的无限怀念那个校园。经过了那么多的时间，在记忆中留下的，只有美好，现在想想，校园里的那些不快，真是微不足道。不过，晚了。

奥运会如火如荼地举行着，开幕式那天晚上，同学发消息给我，你看不看奥运会开幕式啊？我说，奥运会开幕了么？我怎么不知道。他说，倒，受不了你了，你不食人间烟火啊？我说，几点啊，那么重大的事情，当然要看的。他说，是吗？那太好了，你午夜两点打电话来叫我好不好？我说，什么？！两点！算了我不看，我明天还要忙呢。之后我羞愧了半天，奥运会，我居然不知道，实在是太孤陋寡闻了，实在是太过分了，实在是太耻辱了。不过还是实际一点，睡觉。

第二天早上去上课就看到一片一片趴着睡觉的。老师就像个定时闹钟似的每隔一刻钟一个一个喊起来，对于个别睡如死猪者只好摇摇头走开。我心想还好我没熬夜看，不然我说不定还能当堂说梦话呢。

回到家里就看到爸爸兴奋得蹿上蹿下，你知道吗，中国得了第一块金牌了，最后一枪哦最后一枪。本来都是被人家一个俄罗斯的人领先的，她最后一枪反超人家，得了金牌哦。我打开电视，只看到一个女子回头咧嘴笑，话外音说，回眸一笑百媚生，她叫杜丽，美丽的丽。这一刻，

刹那一光年

我的心里荡漾起一种感动。

后来，一块块金牌接踵而来。中国一度位居榜首，什么澳大利亚什么俄罗斯什么英国都被中国比下去。我真为他们高兴，每个人的民族自豪感都会在此刻升华。想到他们日夜的苦练终于得到了成果，看着他们的泪水和笑容，生命中最美的时刻莫过于此。不论从前是怎样艰辛地走过，他们已然成功了。茫茫人海中他们不容置疑是极幸运的。而人们往往便忘了同样去参加比赛却没有得奖的选手。真不公平。同样一路艰辛地走来，为什么有的人笑了有的人哭了有的人变灰色了。人说，这就是奥运。我不喜欢。

而我，也是那些灰色人群中的一分子，努力着辛苦着盼望着。哪一天幸运能降临到自己的头上？也许哪一天都不会。成功的人说，上帝是公平的，失败的人说，上帝是不公平的。其实公平或者不公平有什么关系呢，这就是人生啊。到此一游罢了。人一生下来就是等死，而等死的过程是美妙的。

12

回车巷到了。

"蔺相如回车巷"六个石刻的大字，倒还像模像样。石碑亭里中记载的果然就是回车让路的故事。狭小的一条小巷，听导游说只有1.8米宽，长却是很长的，我估计一百米不到的样子吧。走在其中，有一种莫名的亲切，也许是因为上海也有这样的小巷吧。我记得小时候见过，有一次爹带着我到集市上去，回家的路上经过一条小巷，两辆马车相向而来，只见一边一个男子对车夫挥挥手，说，掉头，我们掉头走。而另一边的人我认识，他是廉颇，他在车上手舞足蹈趾高气昂地说，我为赵将，有攻城野战之大功，而蔺相如徒以口舌为劳，而位居我上，且相如素贱人，吾羞，不忍为之下。今见之，必辱之，必辱之⋯⋯

爹看到了这个情形，拉着我就走到廉颇面前拱手道，廉将军！廉颇见到爹，刚才一脸的得意顿时换成了敬意，说，陈居士，什么风把您吹来了？到我府上一聚如何？爹说，不了，您也知道，我很久没过问朝中的事，出现在您的府上必然要传出去，到时候大家都来请我回去，我又不得安宁了。廉颇爽朗地一笑，说，是啊，您总是想得比我周全。那么我们到稷下酒馆去喝两杯怎么样？您的行踪不定，见您一面比登天还难哪。爹说，正有此意。说完两个人一齐哈哈大笑，似是熟知的老友。

到了稷下酒馆，他们就谈论起刚才让车夫掉头走的那个人，听说叫蔺相如。爹说，廉兄啊，你可知蔺相如何事掉头而去？夫以秦王之威，而相如廷叱之，辱其群臣，独畏廉将军哉？顾其念之，强秦之所以不敢加兵于赵者，徒以你两人在也。今两虎共斗，其势不俱生。相如所以为此者，以先国家之急而后私仇也。

廉颇闻之，面红耳赤，当即说到，听先生一句话，使廉颇茅塞顿开。

刹那一光年

鄙贱之人，不知相如宽之至此也。吾将肉袒负荆，登门谢罪。

这位先生，麻烦让一让路。

路人的声音把我唤醒了，那个故事里的"我"，不是我，是诺儿，战国的诺儿。我记起这个梦来了，是的，那是诺儿，我能感应得到。我慢慢地踱到了小巷的尽头，回头看看来时路，黄昏突下潇潇雨，雨中的小巷更添了几分冷清的古朴。我觉得自己似乎和诺儿融为一体了，回头看，就像是能看穿几千年，那中间的时光仿佛都融化了，呈现在眼前的，赫然就是当年那条车水马龙的小巷，我跟着爹，在这里走着走着，爹皱着眉，担心着赵国的命运，担心着敌国的强大，担心着江山的动摇，人心的不安，社会的骚动，纷飞的战火。自在飞花轻似梦，无边丝雨细如愁，爹的愁，也是廉颇的愁，蔺相如的愁，好多忠臣良将的愁。然后，稷下酒馆，稷下酒馆……

诺儿啊，该找地方吃晚饭了，别发呆了，你都发了一天的呆了。诺儿，诺儿？

啊？哦。是啊是啊，好啊好啊，你们找吧，我反正无所谓，去哪儿都一样吃，跟着就是了。

哎，就这里吧，仿古典的酒馆，怎么样？

酒馆？好啊好啊。叫什么名字？周自恒又在用意不明地一味支持。

稷下酒馆。

什么什么？你再说一遍！我听到这个名字，跳了起来，抬头看，果然是——稷下酒馆。于是我兴奋得像个猴子似地上蹿下跳，他们两个人都以一种不可思议的目光看着我，也果然是像在观赏动物园里的猴子。

到了酒馆里找了个位子坐下，我脱口而出，小二！

顿时周围的人都回过头来看我，心想你小子还真以为到了古代啦？

老板娘笑咪咪地花枝乱颤地走过来，一定是在得意自己的饭店装潢逼真，

足能够让人神经错乱。他问，三位是住店还是吃饭？周自恒挥挥手，说，拿菜单来。

我环顾四周，这里不是原来的那个稷下酒馆了，大不一样大不一样。这个名字也许是哪个细心的考古学家给起的，也许是碰巧。起码以前这里是君子会面的地方，不会有这种老鸨一样的老板娘，让人顿时心生怀疑是不是走错门了，本大爷不是想去妓院呀，物质粮食还没吃饱呢，咱没福气享用精神粮食。

我对这个所谓"稷下酒馆"实在没什么好感，于是吃好了饭也不想多留，就说，走吧走吧。我路过两个坐在靠窗的位置，叼着香烟的男人，他们正在用目木语聊天，身后背着的一个长条形状的包，吸引了我，我突然感觉那个长包里有什么东西与我有关，但又不敢肯定，带着疑虑，我回头看了看，还是走了出去。

上海终于下雨了，整个夏天似乎就没下过雨（那次与洒水车效果相仿的人工降雨不算）。不过，真没劲。我宁愿喜欢洒水车，我宁愿一直不下雨，因为我喜欢阳光，喜欢晴天。这雨下了整整两天，天也阴了两天。我心情郁闷，把电脑往旁边一推，发火说，我不写了！爸爸诧异地看着我，干什么呀？我说，我心情不好！爸爸说，又没谁惹你。我说，下雨！一直下一直下，我看不到阳光明媚一天我就罢工一天。这可急煞了那两位，其实心情不好不假，还是因为时间紧迫嘛。

终于坐上回去的车了。今天的收获还真不小，我的心情不错，一路观赏着外面的风景，回想着那几个失而复得的梦一遍又一遍，想着诺儿，他的幸福。生活在古代乱世，不用读书。其实读书也没什么不好，最重要的是没有考试。其实考试也没有什么不好，不然也无法知道自己读书读得怎么样，最重要的是没有中考高考。其实本来中考高考也不是什么上刀山下火海的事，都那么多考试下来了，考就考呗。可是这是决定你一辈子命运的事，一考定终生啊一考定终生。还那么年轻就背负了一辈子的事，真害怕自己的一失足会成了千古恨。我记的最清楚的是有一篇语文书里的课文，丰子恺写的《送考》，中心思想要背的，批判了当时一考定终生的教育制度。于是全班哗然——谁说现在不是呢，这种文章放在语文书里还要背中心思想，不是搬起石头砸自己的脚么？像诺儿多好，那时候还没发明科举，读书读自己喜欢的圣贤之书，没有什么逼他爬成绩榜啊，没有什么前途啊一生啊压在他的头上让他喘不过气，那个年代的人，只要有忠诚有义气就可以混饭吃，少数拜了好师傅长了心计多了心眼的就可以为人上人，也有少数有口才有胆识的更是流芳千古。而现在英雄难当啊，你觉得自己是杀身成仁，他却惋惜你作了无谓的牺牲；你觉得自己有才华想跟他好好谈谈以展示一下，他不听他要看文凭；你觉得遇到了一个让你倾心的难得的红颜知己，明明高三18岁成人了他说不许早恋影响学习，于是你只好眼睁睁地看着她从你身边擦肩而过，其实早恋与不早恋只隔一个高考；你觉得你是在遵守一个承诺是一件神圣的事，他却笑你傻笑你痴最后果然不守信用的人往往得胜,你觉得做事但求无愧于心活在世上就要坦荡荡,可是他不跟你来这套他所有的下流的卑鄙的龌龊的手段都使上你还不得不看着他笑到最后。我讲这些话,很义愤填膺的,我可以接受很多我不喜欢的事情,但是还有些事情,和古代相比,甚至是远古,都是历史的退化。诺儿生活的时代,义字当头,做不到的人,大家都会群起而攻之,很多事情,反而比今天更人性化。我很羡慕诺儿,我喜欢那个战乱的年代。可以举出很多的原因,但是举不胜举,喜欢,更可以没有理由。

哎,诺儿,你有没有闻到一股怪怪的焦味啊?

啊?没有。

什么鼻子啊你,那么重的味道你都闻不出,我看你今天是被神仙姐姐把魂钩走了吧?周自恒,你闻到没有啊?

我闻到了啊,好厉害一股焦味,真难闻。噫——

好个周自恒,就会装腔作势,沫儿说什么你就跟什么。我看他越来越不顺眼了,可是沫儿似乎越看越顺眼。难道是我的心理暗示?还是上次的误会在起作用?不知道。反正就这样吧,想太多也没用。

不过,我也闻到了,一股浓重的焦味扑鼻而来,一直不散去,好像是车子里什么东西焦了似的。我左右看看,发现那两个目木人也坐在车里,那个跟他们形影不离的长条形布包再一次让我集中了注意力,这一次,我的眼睛一亮。

车头坐着的几个乘客起哄起来,说一个人的火气把座位上的布烧着了，那个赌着气的人也经不住大家的玩笑，终于不再板着脸了。

突然，车子突突地冲了两下，停了下来。司机满口怨气，吼着，下车下车，通通都下车，车子坏了，开不动了。

啊？这里？！大家都表示意外，因为车子刚好已经开到了通往乡间的高速公路上，这里没有人，只有飞驰而过的车，两边都是田野和村庄，要想找个歇脚的地方都没有。无奈，车子的确是坏了，抱怨只会增加坏心情，乱上添乱，于是大家都下了车，像被德国人塞进开往纳粹集中营的火车的犹太人一样，束手无策，听天由命，等待发落。

13

两个叼着香烟的目木男人闲来无聊，也喜欢管闲事，就凑过去用"目木"式普通话问司机，车子这个怎么了，司机用一张废纸拼命扇着，无限心烦地说，喏，水箱坏了，水都漏光了，再开下去发动机也要烧坏掉的。目木男人问，那现在要怎么办的好？司机说，我打电话了，叫维修车过来，他们今天很忙，说是要忙完了才能来。另一个目木男人说，不！我们有着急的事，我们不能等，快！司机说，我跟他说了啊，他说，情况都一样，排队。旁边一个西装革履的男人说，哎，我认得别的维修厂的人，要不我叫他来？司机停住手中摇摆不停的纸，说，能行吗？那男

刹那一光年

的说，不过，我算日子，他今天应该是休息，若是要他来修，恐怕钱要我们自己出了。旁边又来个中年妇女，说，钱倒没关系，我们车上这十几个人，大家分担一下，只要今天晚上回得去，大家同意吗？立即有很多人表示赞同。于是那个男人就开始打电话，过了不久那维修厂的人就风尘仆仆地来了，他修啊修了半天，说，好了，水箱修好了，就是没水。大家纷纷提议找个年轻强壮的到附近农家去讨点儿水，沫儿就会来事儿，吵着要我去，还要我带着她一起去。我想也好，不然非得周自恒去了，我还不如亲自去，俗话说"我不入地狱谁入地狱？"再说，这个时候，我已经顺利地把那两个日本人放在座位上的布包神不知鬼不觉地拿过来放在自己的背包里。而且我已经透过布的质感感觉到里面是那把无比重要的宝剑，得来全不费工夫，此时不溜更待何时？

　　说来也怪，放眼望去，这附近就一座小茅屋，别的都是农田和荒野。我们就径直往那家走去，乡村的路，看上去近，走起来去远得很。当我们终于站在小茅屋的跟前，我惊呆了，这座小茅屋，我肯定见过，而且与之有着非同寻常的关系。不过我想不起来。沫儿拉着我去讨水，她大概觉得很好玩，像唐僧化斋似的，不过这个比喻似乎对佛祖不敬，因为我们是一男一女。阿弥陀佛。

　　你快点，快点啊。沫儿一路吵过去，我说，人家要是不肯呢？如果这地方很穷，人们都喝不起水的话，谁舍得给你水啊。你那么喜欢去，你去好了。沫儿嘟着嘴说，你去你去。拉拉扯扯的时候，我踩到一样什

刹那一光年　独家赠送

星座手册

有一股 不可思议 的动人力量！
将从本手册直接穿透并鼓励你的心！

神秘星座手册

★ 探测你的自卑来源

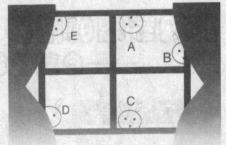

每个人的心里，都或多或少的有一些自卑感在里面，然而任何事都不会空穴来风，凡事都是有它的根源的。那么，你知道你的自卑感到底源自哪里呢？

问题：假如你是一个森林的守林人，正在自己的屋中休息，突然发现一只松鼠正在窗口偷窥你。你认为松鼠是怎样的偷窥法呢？请在A~E中选择一个答案！

答案分析：

● A 深信自己不具备什么才能，这就是你的自卑感。碰见能干净利落地处理读书或工作的人，你就会很羡慕，希望自己也能变成他。对你而言，只要好好努力就能克服这种自卑感。

■ B 你的自卑感来自于你孩提时代的体验。大家尚未认识你，或许就已风闻你闯出的大祸。正如《红楼梦》里的王熙凤，"没见其人，已闻其声"。正视自己的过去，以积极的态度来向未来迈进是很重要的。

■ C 你对自身的外表有种自卑感。常常想："要是我的鼻子再高点、眼睛再大一点、脸型再小一点就好了。"这种自卑感作祟，会使你的性格变得阴郁，会使你真正的魅力下降。

■ D 你对自己的性格感到不太满意。"为什么我会为了鸡毛蒜皮的小事而暴跳如雷呢？"正因为有感于此，所以时常会陷入对自己的嫌恶之中。其实每个人都有自己的个性和特点，不必太耿耿于怀。

■ E 你对自身的感觉至今仍欠缺一种自信。看见友人善于将不是特别高价的衣服穿得很有品位，心情就会跌入谷底，心想："我根本就做不到。"但这种感受经过一定程度和时间的磨练之后，不管是谁都会有进步的。

每个人的心里都有着许多有待实现的梦想，而一个人的性格，在实现梦想的过程中有着很大的影响！那么，你知道你的性格里这些影响未来的因素都是怎样的吗？一起和我们来探测一下吧！

在开始选择答案的时候，请你不要犹豫哦，一定要凭第一感觉选择答案！

1 在一天中的什么时候，你的感觉是最好的？

   A 早晨

   B 下午及傍晚

   C 夜里

2 平日里你是如何走路的？

   A 大步流星地快走

   B 小步地快走

   C 不快，仰着头面对世界

   D 不快，低着头

   E 很慢

3 和别人交谈时，你多数情况是怎样的？

   A 手臂交迭地站着

   B 双手紧握着

   C 一只手或两手放在臀部

   D 碰触着或推着与你说话的人

   E 玩着你的耳朵，推着你的下巴或用手整理头发

4 坐着休息时，你通常？

A 两膝盖并拢着

B 两腿交叉

C 两腿伸直

D 一条腿藏到身下

5 碰到你觉得可笑的事时，你的反应是？

A 一个欣赏的大笑

B 笑着，但不大声

C 轻声地咯咯笑

D 默不作声

6 当你一个人去派对或社交场合时，你

A 很大声地入场以引起注意

B 安静地入场找你认识的人

C 非常安静地入场，尽量保持不被注意

7 当你非常专心工作时，有人打断你，你会

A 欢迎他

B 感到非常恼怒

C 在以上两者之间

8 在下列颜色中，你最喜欢哪个颜色？

A 红或橘色

B 黑色

C 黄或浅蓝色

D 绿色

E 深蓝或紫色

F 白色

G 棕或深灰色

9 临入睡前的几分钟，你在床上的姿势是？

A 俯躺，身体伸直

B 侧躺，身体微蜷

C 头睡在一侧手臂上

D 被子盖住头

E 仰躺，身体伸直

10 你经常做怎样的梦？

A 落下

B 打架或挣扎

C 找东西或人

D 飞或漂浮

E 平常不做梦

F 梦都是愉快的

选择完了吗？那么，现在，请对照表格请将你各题的分数相加吧！

	Q1	Q2	Q3	Q4	Q5	Q6	Q7	Q8	Q9	Q10
A	2	6	4	4	6	6	6	6	7	4
B	4	4	2	6	4	4	2	7	6	2
C	6	7	5	2	3	2	4	5	4	3
D		2	7	1	5			4	2	5
E		1	6					3	1	6
F								2		1
G								1		

答案分析

低于21分：内向的悲观者

人们认为你是一个害羞的、神经质的、优柔寡断的人，是需要人照顾，永远要别人为你做决定、不想与任何事或任何人有关的人。在生活中你过于杞人忧天，也有一些人认为你是一个令人乏味的人，但其实并不是这样，只有那些与你深交多时的朋友才知道你的真实性情。

21—30分：缺乏信心的挑剔者

你的朋友普遍会认为你是一个很刻薄、挑剔的人，同时你也是一个很谨慎小心、稳定、缓慢而辛勤工作的人。如果你做任何冲动的事或无准备的事，都会令他们大吃一惊。做一件事前，你常常会从各个角度仔细认真地检查一番后仍经常拿不定主意。这正是由于你过分小心的天性而引起的，也是一种缺乏自信心的表现。

31—40分：以牙还牙的自我保护者

有人认为你是一个明智、谨慎、注重实效的人。也有人认为你是一个伶俐、有天赋、有才干且谦虚的人。你不会很快、很容易和人成为朋友，但一旦与人成为朋友后，将会是一个对朋友非常忠诚的人，但同时也会要求对方也有忠诚的回报。那些真正有机会了解你的人会知道，要动摇你对朋友的信任是很难的，但一定破坏这种信任，会使你很难再相信任何朋友。

41—50分：平衡的中道者

你是一个新鲜的、有活力的、有魅力的、好玩的、讲究实际的、永远有趣的人。你经常是群众注意力的焦点，但你也是一个能很好地掌握平衡的人，不至于因此而昏了头。同时，你也是一个亲切、和蔼、体贴、能谅解人，一个永远会使别人高兴起来并会努力帮助别人的人。

51—60分：吸引人的冒险家

你是一个令人兴奋的、高度活泼的、相当易冲动的人，也是一个天生的领袖，一个很会做出决定的人，虽然你的决定不总是对的。你大胆而具有冒险精神，是一个愿意尝试机会而欣赏冒险的人。因为你所散发出来的刺激，别人总是会很喜欢跟你在一起。

60分以上：傲慢的孤独者

有很多人都觉得对你必须"小心处理"。在别人眼中，你是自负、以自我为中心的人，一个极端有支配欲和统治欲的人。有很多人会很钦佩你，希望自己也能像你一样，但永远不会相信你，会对与你有更深入的来往有所踌躇与犹豫！

你对人际关系的自信度

自信，也是实现梦想的关键，而人际关系也是相当重要的一部分。那么，你在人际方面的自信度究竟是怎样的一种状况呢？快来做个检验吧！

问题：莫名其妙地，有一天一群人找上门来寻衅滋事，你会如何处理呢？

A 向对方赔罪，息事宁人

B 跟对方据理力争，不惜武力

C 拔腿就跑

D 以低姿态向对方解释这是一场误会

答案分析：

A 向对方赔罪，息事宁人

你是属于对自己没有自信的人，对自己没有信心，对自己的人际关系更没有信心。从你的心态上来讲，话讲到一半就被人打断，甚至转移话题，这是非常不尊重人的表现，甚至可以说这个人根本没把你当人看。你觉得受这样的侮辱是很见不得人的，所以你尽可能地把话吞下去，而且还希望大家不会注意到你，就当作没讲一样。这是意见很让人难过的事，而你是那种挨打也不吭声的人，不管你是忍耐功夫好，还是没胆量，你应付敌人的方式还是值得鼓励的。基本上，你会向对方赔罪，是因为你对自己本身的实力没把握。人面对危险的反应其实都是一样的，如果你认为对方的实力比不上你，你就会向对方讨回公道。可以说你是一个喜欢间接对抗敌人的人，比如说找第三者说理，以法律途径求取公道等。总之你是一个不会直接面对敌人的人，就算要真正对抗，你也会采取间接迂回的方法。

B 跟对方据理力争，不惜武力

不管对方的实力有多少，你一定是对自己的实力有相当信心的人。因为你有自信，所以你可以理直气壮且放声大胆地跟对方据理力争。如果不能有个结论，你会和对方硬碰硬，表示你是不可侵犯的。其实在我们的现实生活中，有很多纠纷是可以不用暴力就能解决的。问题是很多人表示志在解决纠纷，而是为了争一口气，展现自己的气势和实力。如果你了解这种真相，还是劝你最好不要诉诸武力，否则有可能问题会越来越大。

C 拔腿就跑

拔腿就跑也是你解决人际纠纷的一种方法，不过就是助长了对方的气势。你的这种方式可说是想逃避问题的表现，而且是潜意识中急于想排除这种情境压力的一种渴望所反应出来的行为。一旦你陷入一种和人敌对的状态，你的焦虑和不安会比平时多了很多倍。而你之所以不善于处理人际关系，主要是你对自己的人际关系没有信心，所以心中会有很多的焦虑和不安，因此，只要和人陷入敌对状态，你就会不自觉地拔腿就跑。

D 以低姿态向对方解释这是一场误会

你很懂得如何化解人际纠纷，而且最主要的，你也是不轻易委曲求全、随便为了要逃命就向人赔罪的人。所以，你会以误会的理解来化解对方的气势。因为你知道，一般人之所以会气势凌人地要找上算帐，一定是理直才能气壮。你只要化掉对方的理，也就是说让对方了解，找上你是不合理的，冤有头、债有主，如果找不对人就没有道理了。对方如果发现了自己的理由不充分，就会减弱自己的气势。这时，事情就比较好谈了！

揭开星座的秘密挖掘你的潜在才能

在每个人的心中深睡着一种未知的才能，综合东西方星座研究而揭示的星座秘密，帮你寻找自己从没有发觉的才能，把内在的潜能一点一滴地慢慢挖掘出来。

测试方法

从表1开始，利用自己出生年份与日期交错，可获得一个月命星。再看表2，由表1的结果与自己的星座交错，所获得的代号就是你的测试结果。

例：1973年9月8日，处女座。

从表1获得的是七红；从表2获得的是R。再看后面R的结果是什么，就可得知你的测试结果。

表一

			生日年份（西元）/ 生日日期
52	51	50	
55	54	53	
58	57	56	
61	60	59	
64	63	62	
67	66	65	
70	69	68	
73	72	71	
76	75	74	
79	78	77	
82	81	80	
85	84	83	
88	87	86	
91	90	89	
94	93	92	
七红	一白	四绿	1/1～1/5
六白	九紫	三碧	1/6～2/3
五黄	八白	二黑	2/4～3/5
四绿	七红	一白	3/6～4/4
三碧	六白	九紫	4/5～5/5
二黑	五黄	八白	5/6～6/5
一白	四绿	七红	6/6～7/7
九紫	三碧	六白	7/8～8/7
八白	二黑	五黄	8/8～9/7
七红	一白	四绿	9/8～10/8
六白	九紫	三碧	10/9～11/8
五黄	八白	二黑	11/9～12/7
四绿	七红	一白	12/8～12/31

表二

星 座 月命星	白羊座 巨蟹座 天秤座 摩羯座	金牛座 狮子座 天蝎座 水瓶座	双子座 处女座 射手座 双鱼座
一白	M	/	N
二黑	/	G	H
三碧	A	B	/
四绿	O	/	P
五黄	/	I	J
六白	C	D	/
七红	Q	/	R
八白	/	K	L
九紫	E	F	/

结果诊断

圆弧星群

古代人相信天空是半个圆弧形的，如果你是属于代表天空的圆弧星群，就具有不被时空所左右的理想，注意自己独立的想法，多数的人会按照自己的理想去做事，并感受其意义。

天神 宙斯

A宇宙

只要能发挥自己满溢于心的勇气与无限的希望,必定能开拓出属于自己的道路。

代表宇宙力量的人，都具备了相当明确的想法与果断行动力，对于自己觉得必要做的事、感觉到有价值的事、归于理想的事，都能在自己的心中把它们的位置区分得很清楚，而在你心中因此勇气而生的才能，如果可以发挥到百分之二百，就不会被世间那些无法理解或没有理由的流行风潮牵着鼻子走，反而能找出自我的道路与本身的重要性。舍弃所有的迷惑，不要害怕失败的压力，积极地采取果敢的行动力，利用不同的心情去挑战所有的事，一定可以获得胜利，到那个时候，周围的人也都将为你喝彩。

才能开发建议

多到大自然去接触树木，自己的主张可以受到很大的重视，也能促进自我才能开发，森林浴是推荐中的推荐哦！尽量寻找树木年龄长的、没有被伤害过的比较好。不要直接去接触，只需要在很近的地方感受力量就好。洗澡时可以用一点植物的相关产品，对勇气的提升会更有效。

充满正义的个性受到多数人的信赖

对于善恶非常分明的你，一定要做自己觉得最正确的事，你就像天界的北极星一样，有强烈的欲望想要构筑大家都觉得很理想的社会，希望内心满溢的正义感有发挥的机会。为了让自己的才能有充分发挥的机会，觉得正确的事就赶快去做，就算是对年长的人有任何意见都要好好地说清楚，为了世界上的人着想，要保持自己的理想哦！抱着"正义必胜"的想法，站在正确的角度，大家一起都会支持你的。不过对于还不太了解自己能力的人，也可能会因为没办法沟通而造成别人的误解。多方面地了解事情才能证明自己是对的。保持这样强烈的自信，成功的大门将为你而开。

才能开发建议

你的房间是用什么颜色陈设的呢？其实，颜色是会影响到心情的。如果是用乳白色系、柠檬色系等偏黄色系的东西，心情会变得比较愉悦，生活或做事的态度也比较正面积极一点。因为黄色系是代表太阳的颜色，明亮的颜色才能将你心中的正义感与最佳才能引发出来。

太阳神
阿波罗

设定目标就能开始发挥开拓精神

代表"天"的人，总是充满了旺盛的上进心，就跟天的力量一样。如果你能发掘潜藏在心里的开拓精神，当开始实现第一个目标之后，就会再接着下一个目标，会一直不断地保持追求自我理想的姿态。在面对敌人的时候，总是会一直想打败对手，绝不允许自己输给别人，不过你不只是针对别人，就连自己都要对自己挑战，不断尝试做新的东西。不但把自己的舞台筑得很高，也让周围的人清楚知道你的战斗姿态，大家不得不把焦点集中在你身上。

才能开发建议

放假时在家的周围散散步，或到公园去吃午餐，让心情缓和一下。不过如果只是单纯地散步可能没什么效果，保持一份愉快的心情才是最重要的哦！在路途中所看到的、听到的，都能让自己的感性部分散发出来，让自己对有兴趣的事更加关心，好天气的时候一定要出去走走哦！

天神
赫拉

银河

发挥无限想象力，创造独一无二的世界观

银河给人的感觉总是浪漫无比的，所以在你的心中也充满了丰富的想象力，如果你的想象力能够获得良好发挥的话，那么以你独特的价值观与看事情的观点，一定可以让自己的理想移动到最准确的位置。不过你会因此而高唱自我理想的可能性很高，再加上你的个性与独特的世界观与价值观，很多方面都能受到周围人的认同。如果支持你理想的人越来越增加，自己的理想似乎也会渐渐变成生活的常识，靠着这样的稳定度，力量会变得更强。不过，万一自己的理想没有办法获得实现的话，只是靠着自己的想象生活，态度将会越来越消极，不安的情绪也会渐渐提高。

才能开发建议

为了帮你恢复身心机能本来的频率，建议你先不要戴手表，在家里也不要放时钟等跟报时有关的物品，只要靠着太阳光与体内的生物钟过日子就可以了，最好可以一个星期实行一次，不过如果时间观念对你或工作来说很重要的话，就不需要勉强去实行了。不然可能会造成反效果也说不定哦！心情不要太过急躁，用自己肌肤的感觉去感受大自然，一定能很有效地刺激你的想象力。

海 王
波赛顿

彗星

感觉到时间的变化能让你扫除心里的不安状况

彗星的意义就表示变化性，用自己感性的态度，对事情都有直接的看法，随着时代的进步，活泼地往前迈进。这是因为在你心里有所谓感受力的才能，如果你的感受力可以适时地发挥出来，不管时间如果流转，你对于人生都不会感到不安或迷惑，总是能抱持相当的自信去行动。对于流行的脚步很敏锐，未来流行的东西能很快地了解，走在时代的尖端，对大家来说就像领导者一样地存在。过人的感受力帮你寻找到最先进的理想，其实你本身就是流行的带动者也说不定哦！不过如果你感觉力这方面的才能没办法好好地展现的话，对事情可能也做不到直接的感受，容易被不安的感觉所困扰。有时候会太自以为是，只是为了满足自己的表现欲。

才能开发建议

利用时间好好地喝杯愉快的下午茶吧！特别是花草茶可以舒缓紧绷的身体与心灵，相当的有效果哦！放松效果很好的玫瑰、金盏菊、甘菊、覆盆子等，这样的香味让自己的心情稳定，刺激内心感性的部分。

火 神
赫淮斯托斯

11

F 北斗七星

训练自己的洞察力，让理想稳固地实现

代表北斗七星的人追求一种不让自己后悔的完美人生。希望能构筑一个最理想的环境，不过无论多完美，都有可能会像海市蜃楼一般突然消失，不安定的环境没有办法如自己所想象的完美。应该把最初的创造理想环境当作人生的目标才行。在你心中的洞察力，能够帮助你过理想的生活，对自己来说不但是必要的，更是构筑人生的支柱。如果想让自己的才能好好地发挥出来的话，一定要先确定自己目前的状况与危险的程度，并把握住机会快速地去实行。不一样的发展可以让周围的人对你有一种憧憬的感觉。不过如果不能发现自己的观察力，将会变得非常多疑，不平不满的状况很多，散发出负面的批判力量，最好要多方观察比较才会有好的结果。

才能开发建议

其实人就像花一样，想要好好栽培，一定要给予充足的水分，按部就班地培植，力量才会饱满，进而发挥出自己的能力，没有握苗助长的必要。不是水浇得越多，就会长得越好，每天的细心呵护是必需的。如果能栽种红色、橘色、黄色的花朵，不但可提高观察力，也能给自己无限的希望。

冥王
哈得斯

先调整好自己的心态，再把机会集中起来

非常重视自己相信的道路，个人的责任感也相当强烈。这个类型的人觉得最得意的就是能够培养出许多不同的能力，你所表现出的才能如果要有开花结果机会的话，对任何事的处理态度都要真诚，从细微的地方开始到眼睛所见之处都要保持完美的状况。做事之前先考虑一下周围与对手再去行动，别人表现出来的感激之情让你更觉得生活很充实，进而更能为大家服务，在行为与态度上都能产生不错的效果。不只能受到周围人的尊敬，你也会有很多其他方面施展才能的机会。

G 原野

才能开发建议

如果想让身体与心灵都获得放松的话，就要先让施予的才能发挥出来。所谓的放松可以从很多不同的香味开始。芳香蜡烛所散发出来的香味可以让心情变得愉快，治愈你疲惫的身心，让人更有活力。喜欢花香的人也可以选择春天的玫瑰，夏天的薄荷，依季节不同来改变也是不错的。

青春女神
赫佰

H 河川

珍惜别人体贴的心，觉得信赖是很重要的

你就像沿着河岸流动的河川一样，对于事情的看法不会太过执着，可能会自然而然地随着事情发展的状况而让内心的想法有所不同，因为你也是个内心充满慈悲的人，不太会去夸张自己的行动，能够非常体贴别人的心情。如果你这样的才能能够发挥得百分之百的话，采取不自负也不骄傲的态度，一定会获得周围人的感谢。不过如果不想跟别人有所摩擦的话，势必要先征得对方的意见，自己的想法可能会无法好好地表达或必须暂时隐藏起来，唯有让周围的人觉得你是个温和的好人，大家才能真正地为你着想。有时候随着当时的场合状况，会让人陷入一种情境里，而无法往自己的方向前进，自我的决断力才是能让你的才能开花结果的关键。

才能开发建议

如果要唤醒自己的才能，就必须积极地从音乐的表现上寻找。不管是古典音乐还是前卫的音乐，只要选择让自己心情变好的音乐就可以了。不要想得太严肃，选择可以在大家面前表演的音乐，获得的效果会更大。

月亮女神
阿耳忒弥斯

农 神
德墨忒耳

I 陆地

在意自己不动摇的意志力，藉以拉拢周围的人们

对于所谓的"自我"非常地看重，因为这类人象征的是陆地，也就是代表没有变化、不动摇的力量。在行动上来说，非常具有意志力，如果这样的能力发挥得当的话，再对照现实的状况并深思熟虑，一旦决定方向后就勇往直前去做。在执行的过程中不要受到心情的动摇，想想周围人对你的期待，一定要让行动有所成果，对于韧性很强的人，大家总是会给予最深的期望与信赖。因为你的力量把大家集合起来，对你所说的话也都会认真倾听。不过如果你的才能没办法发挥的话，就不能只顾现状了，不单单要靠意志力，个性也不能太固执，多听听别人的意见，不然可能会跟周围的人产生摩擦，而被孤立起来。面对现实才有发挥的可能性。

才能开发建议

做成心形的东西，或上面有心形图案的东西都能够为你带来好运，把它们带在身上的话，就能够把自己的意志力发挥在对的地方，非常有效哦！心形的意义是把自己与对方连结起来，也代表着把现实与理想连接起来的意思，不管是心形的项链、装饰品、香皂、枕头、盒子等，都有不错的效果。

J 海

不害怕任何事，发挥行动力获得大家的期望

海所代表的意义是流动的力量，这类型的人充满了旺盛的好奇心，兴趣与行动范围都非常广泛，在心里所隐藏的融通性相当强，不管处于什么环境或气氛下，都不觉得害怕。不去追求已经逝去的东西，积极地追求将来可能的一切，表现出相当的气势。所谓的融通性，就是让自己有不害怕失败的自信，如果想要发挥才能的话，不管面对什么样的对手都要具有相当的度量，不论被拜托什么事，都要好好地去做，让大家认为自己是个实干家，获得大家的期望。不过如果无法发挥才能的话，也不要失去旺盛的欲望，对于没有深思熟虑过的事，不要贸然行动，否则只会造成不必要的伤害与误会，要让自己的心情沉静一点，才能好好发挥才华。

才能开发建议

随时随地带着品质很好的皮革日记本，如此就能够心情与行动都冷静下来，就会有开花结果的机会。最推荐的是活动式的日记本，使用起来方便，让成功会离你越来越近。笔记用的笔也要注意，好用的笔能够帮助管理好笔记，心情要专心一致，不要写得乱七八糟。

神 使
赫耳墨斯

乞 山

以泰然自若的心情，持续不断地努力

象征"山"的你，个性就像山一样，非常沉着稳重。你的心里有着强烈的忍耐力，对于自己所相信的东西就会默默地努力去实现它。如果你想让自己的能力发挥到百分之二百的话，就必须以事情的合理性为目标，好好地专心努力，对于任何诱惑的东西都不要太在意，做事也不需要太焦急，照着自己的想法去做就可以了，对于完成目标所带来的集中力，是没有人可以超过你的。守护能力很强，对自我的要求很高，一步一步往目标迈进的精神是周围人尊敬你的原因，不过如果你的才能还属于沉睡的状态，就不可以太过坚持自己的意见与想法了，虽然不想妥协，也要跟周围的人好好沟通，让步跟妥协是不一样的，别让自己的心闭锁起来，才能让能力发挥出来哦！

才能开发建议

让自己脸部的肌肉好好地放松一下，就从现在开始吧！经常对着镜子练习微笑的表情也是个不错的方式，每天做的话很有效哦！最好使用可以照到全身的镜子，不然看着好笑的电视节目也是放松的好方法。

灶 使
赫斯提亚

有效地活用源源不绝的知识，才会有机会突破难关

代表"泉"意义的人，拥有丰富的知识，是个相当有智慧的人哦！尤其是判断力非常好，对状况不明的事或是必须马上获得答案的事，对你来说是轻而易举的事。所以很多人遇到状况很喜欢来找你聊天，总是能藉此获得不错的解决方法。如果要让你的才能发挥的话，对自己能做的事或必须做的工作要有所了解，才能对人生产生比较大的作用。如果才能还发挥不出来的人，看待事情要采取严肃的态度，有时候会没办法看到其中的缺点，就发表出一堆肤浅的批评。这样会变得相当极端，很容易丧失自信，要好好把握自己的优点，恢复自信心，很快就能发挥能力了。

才能开发建议

休假的时候试着自己做料理吧！春天的时候可以做做蔬菜意大利面，到了夏天，番茄沙拉也不错，秋天的栗子蛋糕等。采用季节性的材料是很重要的，利用食材的优点就跟利用自己的才能是一样的意思，只要手艺好不管什么样的东西都能变出一道好菜。

爱与美之神
阿佛洛狄忒

在意亲切的心，做对社会有贡献的事

这个类型的人，就像风一吹就会发芽的种子一样，非常乐于去吸收许多不同的知识，觉得自己一定要做很多对社会或是周围的人有贡献的事。让别人觉得高兴并对自己充满感激，这是自己觉得最有意义的事。如果你想好好地把自己的亲和感发挥出来的话，就必须从最公正的角度看待事情，对周围的人尽最大的力量，以对社会的贡献为生活的目标，并且让自己能够朝正确的方向继续努力，拼命的精神说不定可以盖一座金字塔呢！不过如果你的能力还没觉醒的话，一定要记得带给别人愉悦的心情，这样的力量是不能减少的。对方的心情比自己的满足更重要，要把欢乐带给大家的使命是不变的。舍弃不必要的担心，让自己的亲和力赶快醒过来吧！

才能开发建议

戴垂坠式的耳环可以帮助你用心地倾听别人的意见，除了要去掉不必要的担心之外，还要能够容纳别人的意见与想法，这样才能让你的能力真正地开花结果。耳环的话，不管是链状、螺旋状、棒状、羽毛状的都可以，只要自己喜欢的就没有问题，不过如果没穿耳洞的话就不要勉强。

智慧女神
雅典娜

最在意纯真的心，想要成为大家都喜欢的人

代表着彩虹象征的你，其中的意义其实就是神的使者，拥有一颗最纯净的心，像是一个永远的少女一般，不懂得什么是邪恶，也不会被世间的利害得失左右了自己的视线。不管对任何人，你都温和地对待，大家就会非常喜欢你。不要对未来失去希望，相信未来的展望，努力去行动，发挥自己在任何环境都能适应的本能。坦率的态度让你不管身在何处，大家都会觉得你是个可爱的人，只要不莽撞行事就很容易达到目标，是大家眼中最好运的人。不过如果你的才能得不到发挥的话，可能会产生神经紧张的现象，一点点小事就很容易受伤，累积了很多对事情的负面想法，尽量让自己保持希望就能发挥自我的才能。

才能开发建议

把圆形的水晶饰品或水晶的原石戴在身上，或是放在离自己最近的地方，都非常有效。以饰品来说，如果是项链的话，最好可以放在玄关或是床的附近，因为水晶具有净化的效果，可以减少自己对事情的负面想法，带动原本纯真的心，就能使才能有开花结果的机会。水晶的大小与其所带来的能力并不是成正比的，以自己喜欢的为主，选水晶的时候一定要用手摸摸看哦！

战神 阿瑞斯

总给人华丽的感觉，能使气氛变和谐

个性非常活泼的你，交际关系也相当广泛，很会表达自己，不管走到哪都像一朵受人瞩目的花朵一样。你的社交能力非常强，不论到什么样的场合去，总是能带给大家很好的印象，马上跟大家打成一片，想要发挥自我才能的话，就不要对事情太过固执，最好能够解读对方的心情与想法。只要有你在的地方马上就会呈现出明亮欢乐的气氛了，很会看场合行事的你，几乎没有出错或遇上麻烦的机会，是个人气王。如果你的能力还没觉醒的话，不要太执着于自己的原则，应该视场合不同而改变态度，言谈之间必须要收放自如，适时捉住大家的眼光，多留意自己的责任与态度就能有所发展。

才能开发建议

自己主动跟很久没联络的朋友联络一下吧！捉住难得的缘分，与好朋友深交能发现不一样的人生哲学，多利用电话或电子邮件，便条纸与明信片也可以，短短的手写字让对方感受更深。一定要从自己开始发出信号，强调缘分的重要性，多为对方想一想，这样就能引发潜在的社交性。

小爱神 厄洛斯

P 微风

酒 神
狄俄倪索斯

在意协调性，表现礼让态度

这个类型的人所代表的是风，而风所象征的感受力是非常强的，你的协调性带给你礼让的精神，如果要让你的才能发挥出来的话，就必须要好好地把周围人的意见整合起来，最好在倾听对方的同时又能强调自我主张，千万不要为一点小事就吹毛求疵，让自己就像吹着风的柳树一样，轻轻地照自己的意愿走就可以了，你的协调手腕是大家认定最好的，有很多人都希望能跟你聊聊，获得你的帮忙。但是如果你的能力发挥不出来的话，因为感受力很强的关系，反而很容易被周围的意见或社会的风潮给影响，在取舍或选择的时候，会因为一时的迷惑而导致错误的方向，所以最好让自己的意见更明确一点，保持礼让的态度，才能让自我的能力觉醒。

才能开发建议

多读一点书，把自己的感想写下来，或是多听听别人说话也会有很好的效果，而独立的想法其实就是自我主张，不过不只要获得有趣的感想，要让这有趣的一面化为自己的东西，这才是最重要的。从纯文学到轻松的小品，甚至写真集都没关系，随自己的喜好选择就行了。

Q 叶子

好好活用自己的交涉能力就能解决难题

其实叶子从古代开始就对人类产生很好的作用，举凡药物、器皿、衣服、笛子等都是很有用的。所以，象征这类型的人，也是多才多艺的人，不但头脑灵活，反应也很快，总是能多方面看待事情之后再做行动。能言善道的个性能发挥出很好的交涉能力，因为具有实行力与说服力，不管遇到什么样的阻碍或别人的冷言冷语，都能有很好的解决方法，经常给别人很大的影响，对周围的人来说是个存在感很强的人。不过如果你的才能不能发挥的话，记得做事不要朝负面的地方想，批判力不要太强，虽然交涉力很好，但如果对方不想接受也不可强迫，不然很容易跟周围的人产生摩擦，温和地对待他人是很重要的一点，如此才能让自我能力得到最好的发挥。

才能开发建议

多多使用跟天使图案有关的东西，让它更靠近自己，就能让本身的心情变好，让态度变得更温柔体贴，不但让你对别人完全没有攻击的心，在温和的态度下也能顺利地处理事情，表现你的交际能力，赶快去收集跟天使有关的东西吧！不管是天使的饰品、项链，或是画有天使图案的马克杯、明信片，都是不错的选择，把它们带在身边就能渐渐发现它的好效果哦！

冥 后
珀耳塞福涅

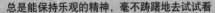

总是能保持乐观的精神，毫不踌躇地去试试看

这类型的人所象征的是自由的羽翼，具有变化性的你，跟单调完全合不来，你对知识有强烈的好奇心，如果要让你

心中的乐观性好好发挥出来的话，勇于尝试的精神会让你的人生越来越充实，只要是没有经历过的事都能抱持开朗的态度，与不怕困难的智慧，有朝一日就能成为一个智者，做很多大事情。不过如果才能暂时无法发挥的话，很有可能是因为缺乏实行力的关系，不管着眼点是在哪边，不管是什么人什么事，你都很容易会觉得应该是由别人去执行，如果你不赶快把这个缺点消除，那梦想也许终究归只是梦想，要好好地一步一步地自己去实行比较好。

才能开发建议

去一个具有历史价值或文化气息浓厚的地方，自己去感受那里的氛围，甚至吃吃当地的特产，让自己充满行动的力量最重要。最好在当地排好行程，如果是参加旅行团的话，就去当当召集人，帮大家安排一下行程，发挥你的实行力。

英 雄
赫拉克斯

招吉避凶 的 塔罗牌

塔罗占卜
真的是很灵的哦!
从下面开始,
你将体验到玩塔罗
的奥秘
和乐趣。

1 看到这张"世界"牌,你有什么感觉?
　A 世界刚刚开始诞生。→ 2
　B 世界刚刚生成。→ 3

2 这张叫"节制",的人在做什么?
　　A 在用冷静的眼光看着你。→ 4
　　B 在监视着你。→ 5

3 看到的这张"塔"牌，你有什么感觉？

　　A 这个塔之所以倒塌，是因为人类太过自大。→ 6

　　B 人类想兴建一个新塔，神听到人类的许愿，
　　　于是破坏了这个塔。→ 7

4 你觉得这张"正义"牌上的女神代表着

什么？

　　　　A 正确的判断。→ 8

　　　　B 公平竞争，团体精神。→ 9

5 这张"星星"牌代表美丽的事物。你觉得这个

女孩在干什么呢？

　　A 静静欣赏前面的烟火。→ 10

　　B 在许愿。→ 11

6 这张"恶魔"牌掌管一切事物的终结与开始。他手边的水瓶

是做什么的？

　　　A 分开身体同灵魂。→ 12

　　　B 铲除死者对世界的眷恋。→ 13

7 "恋人"牌是代表选择。这对男女究竟在做什么呢?

A 世界刚刚开始诞生。→ 14

B 世界刚刚生成。→ 15

8 这张"吊人"代表包容。这个男人究竟发生了什么事?

A 因为说话诚实所以被倒吊。→ A

B 在悠闲的睡觉。→ B

9 这张是"审判"牌。这个男人在做什么?

A 在呼唤死亡者的灵魂。→ C

B 在对死亡者的生前善恶进行判断。→ D

10 看到这张"皇帝"牌,你有什么感觉?

A 这个皇帝正斗志旺盛地向未来之路进发。→ A

B 这个皇帝正留意周围的风吹草动,随机应变。→ B

11 这张"女继司"牌，你有什么感觉？

　　A 这个女人其实是由巫婆变成的。→ C

　　B 这个女人其实是由白蛇变成的。→ 16

12 看到这张"教皇"牌，你有什么感觉？

　　A 威严。→ 16

　　B 秩序。→ D

13 这张"月亮"牌，你有什么感觉呢？

　　A 这个人正在默默的注视着你。→ E

　　B 这个人正在让你感觉他的寒冷。→ F

14 看到这张"太阳"牌，你有什么感觉呢？

　　A 对新生命的祝福。→ C

　　B 生命实在太幸福。→ E

15 看到这张"魔术师"牌，你有什么感觉呢？

A 这个魔术师其实是王子。→D

B 这个魔术师其实是被皇宫放逐出去的小丑。→F

16 看到这张"命运之轮"牌，你有什么感觉呢？

A 这个命运之轮是一个意志坚强的人。→B

B 这个命运之轮内心很孤独。→E

诊断结果

A 看清楚身边的人，亲人同朋友都是谈心的好对象。（星：启示）

　　所有的问题其实都是你自己一手造成的。你总是按照自己的想法去希望身边的人有所改变，又总是逼着朋友做你想做的事情，给别人留下似乎很高姿态的印象。是时候改变一下自己，让你的朋友们多了解你温柔的一面。

　　最近出去玩的时候有机会遇上心仪的对象。不过要小心被人家牵着鼻子走。记住要保持自我，首先建立良好的朋友关系。

· ·

B 太散漫了，是时候寻回昔日的梦想。（力：全能）

　　现在的你似乎过的太安逸，所以最近很懒散。整天对着朋友发牢骚，时间久了，朋友也会怕啊！你似乎对自己和恋人都太放松，万一有 一日突然发生意外事件的话，就很容易陷入崩溃的状态。

　　视线总是偏向某一边，不是一件好事。从家里做起，试试还原曾经喜欢的样子，重新看清楚事物的价值观，也怀想一下往日的梦想。

　　这个时候最重要的事情就是要为自己而努力奋斗，不要安于现在。

C 是时候看清楚自己真正的需要。（命运之轮：循环）

非常可惜，最近的你做什么都有气无力的没精神，因而浪费了好多精力而没什么成效，所以要先看清楚在行动啦！如果在这样下去，只会令事态更加恶化。试试变换一下环境，例如换工作，都会对你有所帮助的。

另外，改变一下生活方式，应该好好思考一下自己的生活态度，令自己活的更充实。有时为活出真我，也可以同其他人唱唱反调，或听听别人是怎么说的。

对朋友，实际行动要比语言来得有用。试着多打扮自己，很快就会有意想不到的姻缘出现。

D 是时候休息一下，不要忘记身边人对你的好。（月：充裕）

昔日的创伤让你裹足不前，这段时间你比较辛苦。假如觉得劳累就休息一下吧！觉得有压力，也可以重新整理一下 Schedule。

与其让朋友开解，不如自己一个人好好想想。最近身边的人对你不是很好，自己明明有好的主意，却得不到朋友的支持　　对人亲切不是不好，不过有时候不要花太多的时间去说服别人。尝试一下接受突发性的邀约，会令你获得意料之外的快乐。

E 惨况已经逐渐过去，这一年多听听别人的意见！（愚者：出发）

今年应该调节一下自己，以适应周围的人，多听听别人的意见，一定会为你带来好运气的！

以前的你是否总是认为今时今日的自己之所以会搞成这样，全都是社会的错呢？这种观念只会令你变得更愚蠢。试试回头望望，回顾自己走过的路，多关心下周围的事，千万不要借酒消愁哦！好多事情不要太急于求成，轻轻松松的面对，反而会有好结果。

因为你的行动力不低，所以在朋友之间有带头作用。当你觉得朋友关系太复杂的时候，不妨照真说。可以试试去组织旅行或野外活动，Friend 今年重要过爱情哦！

F 这样沉迷下去不是办法，快点醒悟吧！（恶魔：征服）

最近你正沉迷于一件事物，有"病入膏肓"的危险。享受其中不是坏事，但是太沉迷于此就危险了。快点觉悟，先找出解决问题的第一步才是关键。另外，你要尽快从失恋的悲伤中振作起来，不可以将这段感情 Replay 一次啊！不要陷得太深，拿得起放得下才会开心。

最近朋友是不是对你有些无理的要求？不要太在乎得失。想交到朋友的话，应该拿出真心来，太过在意人际关系的成败，最后只会以失败告终。

　　17岁的诺儿，聪明可爱又孤寂落寞，渴望被爱，被理解，渴求一个温暖安适的家，却不得不因为沉重的课业、考试的压力，父母离婚和无法向老师家长解释清楚的"早恋"问题，在无奈中从爸爸单位偷出国家一级文物"七雄合一宝剑"，和"女朋友"沫儿离开出走，千里迢迢前往神秘的古城邯郸，去寻找一个在梦中不断出现的"自己"。在这过程中，"七雄合一宝剑"被伪善的文物贩子骗走，因为它可以打开秦始皇陵的秘密。主人公穿梭于时空之间，最终寻回宝剑，却同时痛失了时空内外两个爱他的女孩……

么东西，低头一看，是一块破旧得几乎烂掉的木牌。这个木牌，我盯着它看了很久，不知道为什么，我觉得它的身上一定有故事。

我们去讨水，挺顺利的，男女主人很客气，那里的人家不像我想像的那么穷，真是惭愧。沫儿拉着我的手，说，我们走吧。在那一刻我突然决定不走了。我跟沫儿说，你带着这桶水，自己回去，你怕的话呢，打手机叫周自恒来接你。等车子可以开了你们两个就先回去，我想留在这里呆一会儿，呆够了就会回去，过会儿再联系。沫儿说，啊？你现在行动越来越诡秘了，为什么呀？我说，我有一种感应，这里有诺儿的故事。沫儿摇摇头，发了一会儿呆，说，那好吧，明天我们还要到别的地方去玩，你自己和我们联系。我说，知道。别老以为是在游山玩水，就什么都忘了。如果我们被发现已经回来了，那就惨了，你要有防人之心。我们两个都心知肚明，我指的是周自恒，因为彩彩已经几乎把一切都告诉了他。这件事其实也怪不到彩彩头上，高中同学的哥哥，一个八辈子扯不上关系的人，知道了也无妨。谁会想到，会在这千里之外相遇呢？我正想着，只见沫儿歪着头说，难道你就不该防吗？我笑了笑，拍拍她的头，说，别闹了，走吧，别让一车的人都等着你，人家可都是归心似箭的，都那么晚了。

沫儿就走了，我看着她的身影渐渐地在夜幕中消失，转过身去面对着小茅屋。站了一会儿，我想起来去寻找那块朽烂的木牌，那木牌……突然我觉得天旋地转，随即什么都想起来了。

刹那一光年

奥运也靠运气的吧。某一场射击比赛，吃晚饭的时候。我跟妈妈一致要求看娱乐新闻，爸爸只好一边嘀嘀咕咕说你们这些女人怎么那么不关心天下大事一边灰溜溜地捧着饭碗换阵地，突然他在那边又叫又跳，我闻声而去，问，怎么了？他说，本来中国人落后了3环，怎么也追不上的，结果最后一环那美国人打飞了，0分，哈哈哈哈，世界上竟有那么好的事，捡了一枚金牌呀。

有时候，人生就是这样，近在咫尺和远在天涯，只差一步。因为地球是圆的。一个稍纵即逝的机会，有些人擦肩而过，有些人抓住了但没有抓牢半途让人家给抢了，而有些人早有准备，放了个麻袋让机会往里钻。那就是强者。

诺儿的家，就是像这样的一座小茅屋。

那是16岁的一天。里正来的时候在外面房间里跟爹嘀嘀咕咕地说什么，诺儿听不清楚。后来，爹到后面来拉娘到角落里，轻轻对她说："此次以赵换廉必败，吾等须有所为。翌日，里正将择一人画押当兵，或余或诺，我等须趁月而去。汝当速整理行装，毋多，然行路不便。"

娘流着泪，这个也想带那个也想带，都被爹训斥住了。翻箱倒柜地把藏在家里的钱都拿出来，最后每个人背上背了一个小包袱，乘着一辆破旧的马车绝尘而去。诺儿在马车上回头看着那间茅屋越变越小。抬头望，那一轮明月静静地挂在那里，似是在送他一程，也似是在告诉他，它会等他回来。是，他一定还会回来。

　　后来，他们果真又回到了茅草屋里来。也是一个夜里，月色很美的夜里。月亮在对他笑，可是为什么，今天的月亮看上去有点凄凄然。诺儿不明白，于是低下头，不去看月亮。

　　娘来了，她说，诺儿啊，爹爹叫你过去。

　　诺儿站在爹的面前，总会有点害怕的感觉。因为爹总是不苟言笑，让人肃然起敬。可是这一次爹叫诺儿坐在身边，然后摸着他的头说，诺儿，你记住，死也要死在咱们自己的国土上。人活着，就要有一颗爱国的心。诺儿似懂非懂地点点头。爹的脸上浮现出一丝的慈祥，严父特有的那种慈祥。然而一晃而过，爹把手中的一个青铜小盒子用线串好挂在诺儿的胸前，又把一把沉沉的剑递到他手中，说，你千万要记住，你是赵国人。看着爹的表情，忽而沧桑忽而感慨忽而伤心忽而威严，诺儿捉摸不透爹的想法，也不知道他对自己讲的这番话是什么意思。也许长大了自然会懂。

　　娘流着泪，诺儿，记住啊，记住。

　　诺儿说，是的。爹，娘。

　　娘说，乖，去睡吧。

　　诺儿不知道娘为什么要哭。

　　醒来的时候已经很晚了，太阳几乎升到了头顶。也许是旅途劳累的关系，诺儿睡得很熟。他奇怪娘怎么没有叫他起床。屋子里静静的，没有什么声音。是了，爹和娘一定也还没有醒来。或者说，出去了。

刹那一光年

　　诺儿到了爹娘的房间门口，敲敲门，没反应。喊一声，娘，你们在吗？也没反应。推门进去，啊！诺儿失声叫了出来，立即退出了房间。他看见爹的心口插了一把长剑，遍地都是深红色的血。娘趴在爹的身上，看上去没什么伤痕，但是显然也死了。诺儿走回去，把爹娘的尸体放平，他看见娘的嘴边有血，一直流到爹的衣服上，原来是咬舌自尽的。呆了好一会儿，他终于伏在爹娘的身上痛哭起来。哭声回响在小茅屋，刹那间狂风大作，雷声隆隆，乌云压城城欲摧。单薄的小茅屋在闪电划开的天际下幽泣。

　　渐渐地，哭声小了。良久，诺儿站起来。在家门口挖了一个大坑，把爹娘放进去。立了一块木牌，写上爹娘的名字。看着隆起的土堆，诺儿自言自语地说着，爹，娘，你们给诺儿一个理由都不可以吗？为什么不要诺儿了你们为什么丢下诺儿一个人你们究竟为什么要死你们为什么不跟诺儿说清楚为什么不带着诺儿和你们一起……不知不觉地，他手里攥着爹给他挂的青铜盒，趴在爹娘的坟上睡着了。他梦见了爹，爹说，孩子，记住，你是赵国人，死也要死在自己的家乡。他梦见了娘，娘说，诺儿啊，你爹爹他爱国，可是赵国的腐朽不是一人之力能回天的，他爱莫能助，他憎恶世事所以不去经历。他预感到，这次赵国军队将是全军

覆没，赵国的大势就要去了，他誓与赵国的兴衰共存亡。所以我们走了，诺儿，不管你明白不明白，从今以后你的人生都由自己作主，只是你一个人要好好地活下去。诺儿醒了，眼前还是那块灰灰的木牌。诺儿抱着木牌哭喊，娘！诺儿不懂诺儿不懂，一个人要怎么活？人生要怎样做主？从小你们只教我读书写字礼仪道德，现在你们就留我一个人在这里，举目无亲啊举目无亲，我要怎么办！肃肃鸨羽，集于苞栩。悠悠苍天！曷其有所？

※ ※ ※

诺儿在坟前趴了很久，第三天的晚上，当他终于站起来的时候，他已经明白了许多。若不是爹娘的死，他绝对不会一夜之间长大了那么多。他的眼睛里，有了一种坚定和坚强。

一把火，茅屋烧了。他要离开这个伤心之地，他要无牵无挂四海为家，为了爹娘舍生取义的赵国，也为了自己是赵国人。直到，一切该结束的时候，回来，回到爹娘的坟旁，死也死在这里，家乡，家。

诺儿对着木牌拜了三拜，背着沉沉的剑，走了。

又是一个晚上，月儿依旧，凄凄然的感觉却浓厚得多。月出皎兮，劳心惨兮。走吧，走吧，走了就不要回头，只是，明月何时照我还？诺儿的心头突然掠过一丝苍凉，风萧萧兮易水寒，壮士一去兮不复返？

不会的。

刹那一光年

14

　　关于小茅屋和木牌的记忆到此为止了。似乎有一股滔滔巨浪般的强劲力量，将记忆的阀门关上。我拿出那个斑驳的青铜小盒子，端详了许久。我不知道自己现在的心情是怎样，但是有一点我可以确定，我不想说话，只想静静地看着这三样东西，小茅屋，木牌，青铜小盒子。我知道，小茅屋和木牌一定不是当初的，但是很像，这足够我用来祭奠诺儿的爹娘了。真的，虽然素未谋面，但是我觉得诺儿的爹娘就好像是我的父母一样，我能够感同身受，有很亲近很亲近的感觉。在梦中，我们两个一起长大，很多感情不是几千年的时间能阻隔得了的。我突然有一种假设，假设，几千年前的他也常常梦见我，他会对我所处的社会和时代是什么样的想法？虽然我了解历史而他不了解未来，但是我相信他不会觉得不可思议，他一定会以一颗平常心看待我身边的一切。如果真的是这样，岂不是我现在所做的事和将来要发生的事在很久以前都有了定数？

　　诺儿的爹娘死了，可是我呢？至少诺儿的爹娘活着的时候很爱护他，三个人快快乐乐地过日子，享受三口之家的天伦之乐。我的父母，从很久很久以前就开始吵，要不然就是我和妈妈两个人冷冷清清。可是即便如此，到了现在这个地步，我还是想他们，没有什么美好的回忆，我仍然想念。他们没有死，活得好好的。看上去我比诺儿幸福多了，可是，可是……

不知道呆了多久，我终于想要离开了。虽然如果要我一直呆下去我也绝对乐意，但是我还没有找回全部的记忆。再说，沫儿和周自恒还一起回家了呢。想到这里，我心头一震，我这是怎么了，竟然会让他们两个一起回家！得快回去看看。真希望我一直是以小人之心度了君子之腹，周自恒可千万不要趁机献媚，沫儿可千万不要有所动摇。周自恒救过沫儿，我知道，她一直心存感激，而且在邯郸的很多事情也要依赖他的安排，所以沫儿不会排斥他。那就更糟了。我越想越担心，但是现在怎么回去呢？凌晨了，又没有车，我就走吧，走一点是一点，等天亮了再搭车，这一个晚上的事，我管不了了。

我就沿着公路独自走，也许因为黄昏的时候下过一阵小雨，今天晚上没有星星没有月亮，我却觉得，也是一种意境。午夜，乡村的小路上只有一个孤独寻梦的人独自漫步，不时有鸟叫的声音，在寂静中划破重重夜露直上云霄。流水绕孤村，杜鹃千里闻，这样独特的景色大概没有人会有心欣赏吧。

※　※　※

不知走了多久，一抬头，却发现又来到了樱下酒馆门口，暗笑自己原来是南辕北辙了。也许因为这个名字凑巧与爹和廉颇带诺儿去的酒馆名字相同，我又鬼使神差地来到了这里，冥冥之中，是不是还有什么事

刹那一光年

情发生呢？突然想起那老板娘的话来，三位是住店还是吃饭？是累了，就在这儿住下吧，幸好带了钱，从目木带来的钱还剩不少，我都随身带着。要一间单人房应该没问题。这里小地方，这又是一个小旅馆，登记不需要证件，正好不会被发现。

于是我踏了进去，在店堂里叫，有没有人啊？睡眼惺忪的老板娘嘟哝着走出来，问，半夜三更的，谁啊？我把背包一甩，说，住店。她的脸上立马堆起笑来，说，哎哟，这位小先生前儿不是来过吗？和你一起来的那对儿，已经在我这儿住下了，他们要了最后一间房，现在咱们这儿可满了。要不，你和他们一屋子睡去？我立时纳闷起来，这是哪儿跟哪儿啊？她一定是没睡醒认错人了，这个女人赚钱赚得太没道德，任谁都想留他下来住，居然想让我去当人家一对情侣的电灯泡，神经。于是我说，算了，要是满了我就走了。老板娘拉住我继续说，我知道，你们三个人出来，人家是一对，你心里不舒服。可是，也不用这样和自己过不去啊，已经那么晚了，睡觉还是要睡的。来来，我去跟他们说，反正你们大家都认识，睡一个房间有什么不可以的。挤挤吧，我给你打地铺，给你优惠。我开始有点不耐烦了，讲话不免有些大声，你在说什么我一句都听不懂。她说，得了，我领你上去看看，如果觉得可以将就着睡，就睡下吧。我被老板娘拖着上了楼，心想着这个人真是不可理喻，现在都那么晚了，呆会儿怎么跟人家解释呢？只见她敲敲门，说，哎，哎，里面的先生小姐，你们醒一醒啊，你们的同伴儿来了。我在一旁无地自容，完了完了，人家肯定当我有病。里面传出来一个男人慵懒的声音——

写东西也有上瘾的时候，比如写这一段，我写得开心，来了个电话。但是我不想停，因为我很难得有这样的状态的，可是那个电话铃一直在弃而不舍地响，最后我妥协，我奔过去接，半途中踢到写字台，脚指甲掀掉，流了很多血，一个人在家，血止不住，也不知道接下来电话要不要听，也不知道血会不会一直流就这样流到死，也不知道要怎么走回到写字台那里去。后来我不是不想起来，而是真的爬不起来，痛死了，就坐在地上坐了一刻钟，也可以换一种说法，浪费青春一刻钟。

最终我放弃了那个电话。

忽然想到两个问题，一是本来我一直以为给手指上夹刑不会像电影里演得那样疼得死去活来，现在看来是会很痛的；另一个是，如果哪一天我被全世界抛弃了，就是这感觉。

谁啊？我们哪里有同伴啊，不会不会，我们睡了，别吵。

老板娘还要说什么，我轻声地说，行了行了，我睡下面的桌子上吧，走吧。拉着她就溜，生怕人家看到了我。回过头来想那个声音，怎么，怎么，怎么——啊——周——自——恒！我的天哪，我实在有些承受不了，火气噌地一下就蹿到了天上去，转过身去踢那门，不过那扇门也真是脆弱，或者是我用力过猛，门一踢就开了。只看到房间里有两个床当中隔了一张桌子，周自恒正在沫儿的床边，他弯下腰去把沫儿的被子盖盖好，头埋得很低，像是印了一个吻在沫儿的额头上。我冲进去，一副要开打的架势，竭尽平静地对周自恒说，请你给我一个解释。周自恒看到我破门而入万分惊讶，说，诺儿，你听我说……我手一挥，你不要叫我的名字！说出来后意识到自己说话声音太响了，在那么宁静的夜里非常刺耳。周自恒语气软软的，诺儿，不是你想的那样。我说，那是怎么样？你们两个人瞒了我很久了是不是？我还一直责怪自己，上次误会你们了，我太小心眼了，我太多疑了，我太不信任朋友了。结果呢？这就是结果！哈，我明白了，再见。啊，对了，还有一个呢？周自恒说，诺儿你不要说沫儿，她睡着了。我说，哼！睡着了才怪，还有一位，不要装睡了，不要当人家都是傻子，一只巴掌拍不响，两只巴掌才拍得响呢，连老板娘都看得出你们两个是一对。你不要以为装睡就可以躲得过什么，我又不会把你们怎么样，你们继续。周自恒有点急了，诺儿！你想到哪里去。我更激动了，说，你自己做的这个动作你以为我看到了我会想到哪里去？瞒了那么久一定很过瘾吧，跑这里逍遥来了，居然还把我当成傻子。我气得不行，不想再看到他这张嘴脸，也更不想再跟他说一字半句，于是调头就走。

几乎是一路摔到楼下，正遇见捧着一叠铺盖准备上楼的老板娘，老板娘看到我的样子似被吓到了，换了一副正经模样，问道，怎么了？我把一叠一百元大钞往桌上狠狠地甩，说，拿酒来。老板娘应着，进去放回铺盖，拿了一瓶啤酒。我说，你看清楚这是多少钱没有？就拿这么一瓶啤酒？去换，换5瓶白酒来。老板娘试探着说，喝这么多不好吧。我一拍桌子，不会少了你的钱，去拿！老板娘无奈，转身开了5瓶白酒放到桌上，轻声说了句，慢用。

我抄起一瓶，仰头咕噜咕噜地往下灌，好爽。借酒浇愁愁更愁，我才不管。烈酒下肚，正好能把我的五脏六腑烧起来，就让我的心在烈火中燃成灰烬吧。此情可待成追忆，只是当时已惘然。迷朦中，天亮了，老板娘似乎又去睡了，于是我拿着酒瓶，摇摇晃晃地出了店门。

※ ※ ※

奇怪，我怎么会在街上？

哦，对了。我似乎一夜都是睡在街上的。昨天，我进了邯郸城，城里很混乱，脑子里出现四个字，社会动荡。大家都在奔走相告，几乎是兵不血刃，赵国40万大军全部成了秦军的俘虏。有些女人很高兴地说，这样我家夫君就可以平安回来啦。有些老朽似的人捋着胡子叹气，唉，唉，40万哪，40万哪，赵国从此衰落。我想起爹跟白伯伯的一个亲信深夜说的那番话，希望不要杀你们俘虏来的赵国兵。那个人是答应了，可爹仍然没有一点的喜悦，说，希望君能遵守诺言。于是我开始为那些高兴的女人担心起来，难道白伯伯真的会不杀吗？听爹当时的口气好像……想来也没什么，这些不懂事的女人们，只知道夫君的性命而不知道国家的命运，让她们伤心一下反而解气。

后来，我没有钱，就躺在街边睡了一晚，还好天不是很冷。躺在街上看天空，幸灾乐祸的星星，欲言又止的月儿。爹，娘，你们在哪里？如此渺小的我要怎么样才能挽救赵国的危急呢？40万大军，有如釜底抽

刹那一光年

薪，赵国以后还有什么保障呢？如果没有，那不是有亡国的危险了吗？爹，我的想法是居安思危还是杞人忧天？我要不要像你一样不理世事地过一辈子？

现在，天亮了，我站了起来，迷迷糊糊中，我听见好多人的哭声。很多人很多人的哭声。街上没什么人，声音从街边的屋子里传出来。有些房子的门口挂了白布，一整条街都是这样，到处是撕心裂肺的哭声到处是伤心欲绝的人儿到处是白色黑色祭奠死者的颜色，也会有披麻戴孝的队伍经过。天空上写着两个大大的字——悲哀，空气中亦弥漫着悲哀的味道。远远地飘来歌声，"葛生楚蒙，蔹蔓于野。予美亡此。谁与？独处！""君子于役，不知其期，曷至哉？"。

是了，白伯伯活埋了那40万的俘虏。一定是的。爹果然料准了。

我这样想着，于是找了个独自在街边喝酒的老头儿探听，这也是我能找得到的惟一一个人可以说说话的人。这个老头儿的头发乱糟糟地散在前面，把脸都遮住，他的声音从又脏又枯的乱发中透出来，像是从阴曹地府传出来的。老头儿说，大清早的不让我睡觉。我说，怎么回事呢？老头儿说，糊涂，糊涂啊。我想，疯子。于是调头想再到别处找找有没有人可以问个究竟。老头儿拉住我，说，别去，你改变不了，那是天数。听到这话，我心头一动，难道他知道我要到秦国去卧底吗？不可能，我没跟任何一个人说过，再说，我自己也没决定到底要不要去呢。疯子，他是个疯子。老头儿又说，赵国气数已尽，由它去吧。秦国乃是虎狼之地。这次我不得不对他另眼相看了，你是谁？怎么知道我要去秦国？老头儿说，天机不可泄

露。我笑了，什么天机啊，你又不是神仙。老头儿说，看在你是你爹的儿子的份上，我告诉你。这时候我已经笑得不行了，你这人说话怎么颠三倒四的，什么我爹的儿子啊，废话。难道你不是你爹的儿子吗？那岂不是天下男子你都能告诉了吗？老头儿不急不气地说，不，不，不。你爹是个伟大的人。虽然历史不会有记载，可是我们都将记得他。我严肃起来，问，你到底是谁啊？你怎么知道我爹？你认识他吗？可是我爹前几天的时候已经死了啊。哎，先别说那么多，你不是说要告诉我你是谁的吗？说呀。老头儿说，是的。于是把头发捋开，露出他的脸。

我这一惊非同小可，叫道，你！你是，你是……却被老头儿捂住了嘴。我小声说，您是廉颇伯伯？！

老头儿说，是。我说，你怎么会……老头儿说，我终日在此地喝酒，人们都以为我去了魏国，没有人注意我，也不再有人追捕我。那个在魏国带兵的"廉颇"是我的一个门客，他没有打过胜仗，就扬言说"廉颇想带赵国军队，不是赵国的军队无法打胜仗"。其实我也不想带赵国军队了，不是身处其中无法体会其中不可言喻的衰败。我在赵国终究是怀才不遇，大王永远都不会让我放手去干，他们都不相信我。大势已去，大势已去啊。说到这里，他像个孩子似的哭了，哇哇地抱头痛哭，和家家户户的哭声融为一体。所不同的是，他哭国家，而别人哭亲人。毕竟是廉颇。我心里想着，又问，那，你怎么知道我要去秦国？廉颇说，酒自成仙，知则知尔。梦亦有梦，终无极矣。我还想说什么，可是没有说出

刹那一光年

来，心想也许真的是天机不可泄露。

后来我和廉颇找到一个酒馆，我抬头看了一眼酒馆的名字，稷下酒馆。好像就是小时候爹带我来的地方。叫嚣着今朝有酒今朝醉，一老一少发起了酒疯。啊哈，酒保看到我们那副样子吓得连钱都不要我们付就赶我们出去了。

不知道为什么，我们两个人一见如故。那时候的廉颇，绝对不是传说中那个用兵如神的将军了，也不是我小时候见的那个负荆请罪的英雄，而是一个整天抱着酒坛的糊涂仙。不过一身的本领还是免不了要露出来一点。他经常会梦呓般地说很多兵法计谋给我听，舞枪弄剑地比划给我看。我知道，廉颇这是在教我本事，有时候看到廉颇，我也会想起从前爹娘教我念书的情景。爹总是满口的仁义道德，诸子百家无不精通，娘就陪着我背书，那时候学的第一首诗就是硕鼠。娘说，硕鼠就比喻那些搜刮百姓的坏官吏，很多地方横征暴敛民不聊生，国家终究会灭亡。

马上要开学了，我闻到一股来势汹汹的味道，很可怕的开学的味道，扑面而来。我害怕，心想着那些读题都需要很大耐心的物理题目，化学大段的方程式，数学函数解析式函数图像和立体几何，语文又长又难背的《在马克思墓前的讲话》，英语笔记里一大堆语法短语。光想想头就轰地一下大了。看看窗外的阳光，不知道还能欣赏几天了。想着想着就不高兴写了，只希望趁着现在好好再乐几天，感觉自己像垂死之人临终之前的拼命享受。

15

　　我和廉颇就这样喝酒讲话睡觉做梦地过日子，时间久了，出生于书香世家的我却变成是武功一流带兵一流的高手了。直到有一天，廉颇说，我们缘分已尽，我要走了。你自己保重，要不要去秦国你还是自己决定，不过记住，你是赵国人，死也要死在自己的国土上。我还没来得及说什么，一眨眼，廉颇已经不见了。我知道他不会留下，也没有去找去追，因为这根本就是白费力气。回忆着刚才廉颇说的话，奇怪，怎么跟爹说的一样。难道我注定是要背叛的吗？不可能。爹娘都是为国尽忠而死，我怎么反而会叛国呢。真是多此一举。

　　不经意地低头，突然发现脚下有一束用红丝线扎好的头发，我奇怪前面怎么一直站在这里都没有发现。或许是在跟廉颇讲话的关系吧。我把它捡起来，随手放进了衣服里。

　　廉颇走了，又剩下我一个人。何去何从，还是该好好地想一想。到底要不要去秦国？我还是躺在从家里出来的第一个晚上躺的地方，同样一个角度看月亮。问月儿，要不要去？月儿妩媚地笑。

　　好吧，自己的事情要学着自己去解决。不管后悔与否，正确与否，都是自己的选择。总之这是一件大事，关系到我今后的人生，是有所作为还是碌碌无为，是平平安安还是出生入死，是默默无闻还是名垂青史亦或是遗臭万年……好烦哪。虽然不知道爹到底是个怎样的人物，但是他认识那么多重要人物，而且不论国籍，大家都敬重他，一定不一般。我猜想，爹以前是个重要人物，后来隐姓埋名起来，娘知道，却从不告诉我。爹娘既然不告诉我，我也不必深究，他们总有他们的道理。但是我觉得，不管爹是谁，我是爹的儿子，就注定要担负起爹没有做成的事情。

爹不是因为赵国的衰亡才自杀的么，如果杀了秦王，必有很多人来争皇位。而事实上，王子王孙里却没有一个人的才能及得上当今的昭王嬴稷的，最主要的是一些人自恃有才能就不肯听臣下的劝言，昭王用人却很得当。秦朝廷内还有很多人和宰相张禄结了仇，昭王不在了，张禄这个宰相也做不成，"远交近攻"就实施不下去。这样，既让秦国国内动乱，大伤元气，又破坏了他们一统六国的计划，那么，赵国就有机会东山再起。

就这样决定了。我要只身去秦国，凭着廉颇教给我的兵法和武功，爹娘教给我的仁义礼教和圣贤之道，埋伏在秦王的左右，伺机下手，杀了秦王。就算因此我自己与秦王同归于尽，也值得。一个人的性命换六个国家的重生。流血五步，天下缟素。我喜欢这种悲壮的完美。不，也许并不完美。

诺儿，诺儿，你出来！我知道你就在附近，你出来，起码听我解释好不好？是沫儿的声音。睁大眼睛定神地环视四周，我在21世纪的柏油路边，浑身的酒气。天还没有完全亮，路的另一边，梧桐树下面，一个穿着黄色马夹的清洁工正拿着扫帚清扫着垃圾，他的身边团着浓雾般的灰尘，就这样包围着他渐渐远去。

诺儿，终于找到你了，我……

不用。二位自便，再见。

你不要这样诺儿，为什么不相信我！

连一个机会都不给吗？

我昨天睡着了，不知道你来。

是最后一间房间了，不然没地方过夜了呀。

我一醒来就来找你。

真的什么都没有发生，我们睡的床当中隔了一个桌子的呀，你别把我们都想得那么……

你总是怀疑别人。

诺儿，诺儿！你要去哪里？一起去啊。

我们两个单独走好不好，不跟他同行了。

你不要一句话都不说，你到底在想什么啊！

你走慢一点，我跟不上你了，求求你。

诺儿！

诺儿……

我狠着心一言不发地往前走，其实我很想停下来，问她，你叫我再怎么相信，这一次是我亲眼看到的，周自恒帮你盖被子，那么晚了他还不睡。还有，那个慵懒的声音，他说，我们没有什么同伴，都睡了，别

刹那一光年

来吵。这一次，我心如死灰伤心欲绝万劫不复！！！我背着她，不想让她看到我的眼泪，听到她在身后气喘吁吁地说那些话，带着哭腔说那些话，声嘶力竭地说那些话，我当然心痛，痛得不得了，几乎支撑不住，但是，我害怕相信她的话，害怕以后的某一天再一次受伤害，害怕最终周自恒牵着沫儿的手到我面前来笑着说请祝福我们，害怕自己被毫无尊严地甩开，害怕别人说我是死缠烂打没有自知之明的厚脸皮可怜鬼。也许有人会说，你这样怕这怕那的，还叫爱吗？真正的爱是不顾一切的。可是我爱，我太在乎了，我不怕受伤害，不怕被人说，怕的是沫儿抛弃我的时候我一无所有，我好怕一无所有，因为那就代表我失去了沫儿，也失去了与周自恒竞争的能力，甚至不止周自恒，来日方长，一定还会有别的人。

沫儿终究是女孩子，我走得太快她跟不上了，她不再跟着我说很多话了，只是在某个地方站着，竭尽全力嘶喊着，诺儿，求求你，停下来啊，诺儿，诺儿……声音越来越小，不知道是因为她喊不动了还是因为我走远了，终于我一点声音也听不到了，我停下来，不由自主地回头，看不到沫儿在哪里。凄色塞满了所有的空间，心里空空的，多希望她一直跟过来，如果现在她还在我后面，我就会转过去抱住她。可是，是我自己走得太快，是我自己想逃离得远远的。

不知道我的选择是对还是错。欲共柳花低诉，怕柳花轻薄，不解伤春。念楚乡旅宿，柔情别绪，谁与温存。我又要去哪里呢？我又该去哪里呢？我又可以去哪里？泪眼问花花不语，乱红飞过秋千去。难道我又一次被世界抛弃了吗?

手机响了,是彩彩。

终于还是开学了,基本完成。只是后面几天一直在家里赶着写情节,修改的时候才猛地发现把自己给漏了。细想那些天,一边敲着键盘一边想着某些不着边际的东西,一边倒计时开学的时间一边害怕数字越来越小。不过那时候想,我宁愿开学了读书,也不要再写这小说了,一天八千多,太苦了。而真正开了学,却又回过头来想,我宁愿缩在窝里敲键盘,起码不用在太阳底下晒,起码不用做数理化,起码不用每天早出晚归跟个熊猫似的。暑假的生活毕竟是松散的,开学了才感觉到,什么是真正的紧张。

人有时候是这样,眼前的困难往往是全世界最困难的困难。而当它过去了之后,便什么也不是了,只用来遇到下一个困难的时候说,我宁愿像上次……

我没有接,过了一会儿又响了起来。不接,又响。不接,又响。最后我接了,心想彩彩真是锲而不舍,沫儿为什么没有这种精神。

干吗啊你打那么多电话来,你知不知道长途电话费很贵,浪费钱啊?

你还来问我干吗,还说我浪费钱,你好意思的,沫儿都告诉我了。你这家伙人家跟着你离家出走,跟着你不远千里到目木去,跟着你去找什么乱七八糟梦里的人，还跟着你提心吊胆地怕被抓，你问我干吗。那么点小事搞都没搞清楚就走人，你走了沫儿怎么办。你们在外地，你倒是体贴一点啊反而还不明是非地生气，你……

你有什么资格来教训我啊，你去问你亲爱的表哥啊，真是莫名其妙。那么点小事！我可不觉得这是小事。

我表哥怎么了啊，晚上总不见得和你一样带她露宿街头吧，谁像你啊。

哼！我又没说不能住，可是他自己做那种事给我看见现在两个人还来解释，神经病！

什么叫"那种事"啊？

喊，你居然还不知道，拜托彩彩同学以后学会先搞清楚事情的来龙去脉再来兴师问罪，怎么读大学的，这点能力都没有。

你怎么说话的你啊，沫儿和我哥都没说有什么事啊，就是只剩一间房了他们分开在两张床上睡觉呀，然后你就发神经了呀，自己神经还骂别人。

好啊好啊，他们都没跟你说，那么事情很明白了，本来我还真有点动摇，现在，没什么好说的了，再见。

于是我挂了电话。他们竟然都把一些重要的细节漏掉，让大家都觉得我是负心郎，周自恒是救世主。真是，变态！

又来了个电话，是吴辰。我犹豫了一下，接了。

干嘛啊？

到底怎么回事啊？

这个态度倒好，像是来弄清事实的。于是我耐着性子讲一遍。他说，我操，会有这种事，那个野人。他把野渡无人简称了。放心，彩彩那里我去说，你尽管在这里对付他，我在精神上支持你。

废话。

又来一个电话，坏事果然传得快啊，比赤兔马还快。一定不是个兴师问罪的就是个了解情况的。本质上无区别，语气好坏而已。不带半点兴趣地瞄一眼屏幕，唰地跳起来。

不，这次不是，是周自恒。他也真是个有耐心的家伙，我犹豫了一下，接起电话，那端传来一阵令人毛骨悚然的笑声，让我想到西游记里把唐僧架在锅上煮的妖怪，阿弥陀佛，怎么又说到唐僧了。换一个比喻，以前国民党看着被审的共产党受各种酷刑的时候阴森森的怪笑。

他说，你知道吗？小子，你中计了。我是听到老板娘说有个同伴来了之后，猜到是你，所以故意说了那些话，做了那些动作。

我说，你为什么要这么做？

因为我喜欢她，我爱她。

……

我跟她说过，可是她的心里只有你。昨天她睡着了，她说梦话也一直叫着你的名字，我跟她在一起的时候，她就不停地在我面前说你担心你想你关心你。我受不了！我要你在她的心里彻底地死去。

你！你是个疯子！

哼！你知道为什么我们会住那个地方吗？

刹那一光年

当周自恒说完一切，我已经不知道该怎么表达我的心情，我真想把自己一枪毙了，不是，应该千刀万剐。我恨我自己，真的是走得太冲动了，我不知道要怎样弥补我这个混蛋犯下的不可饶恕的错误。可是，周自恒怎么可以这样呢，毕竟也算，算不了朋友的话算同伴总可以吧，同伴一场，竟然为了一个根本不爱自己的女人……我说他是丧心病狂，他说是又怎么样，他说他比我更爱沫儿，他说我不配。

我不知道。

16

事情是这样的，昨天晚上沫儿把水送去了之后灌入了水箱，满以为车子修好了，大家凑足了一千块的修理费，上路了。修理工倒也负责，说是开着自己的一辆面包车护送大家到终点站。没想到开到一半，又开不动了，那股难闻的焦味又冒了出来。询问修理工，他说是一个零件的寿命到了，这个零件一般的地方是买不到的，更何况那天已经夜深。于是修理工慷慨地愿意自己开车送大家，他的面包车正好够坐本来一车的人。他很客气地说不要钱了，但是有一个女的主动说，钱要付的，已经那么晚了麻烦师傅过来修车还麻烦师傅开那么远的路送大家回去，实在很不好意思，就带头拿了100块给那师傅。其余的人也不好少给，每人

100块交了出去。后来周自恒就跟沫儿讲，他觉得那天车上的乘客里有几个人和那修理工是讲好的，包括那个司机，都是一伙儿的。先故意把车弄坏，然后有个人打电话叫修理工来，再然后故意修不好还装好心跟着，就是为了车子再次坏掉大家都好乘他的车，最后那个女人带头付钱，让大家都付钱。这样一来，又赚了修理费又赚了车费，大家还对他感恩戴德的，收来的钱那几个人平分。沫儿觉得周自恒把人家的一片好心分析得那么坏，非常气愤，就不跟他讲话，自己关起门来担心我，因为我们住的那地方只是旅游车顺路给停一下的，不是终点站，我和沫儿下车讨水的地方也是车不停的地方。怕我晚上没有车又不认识路会回不去，而且昨天我看上去都是沉默寡言有心事的样子，还一个人留在小茅屋外，行为举止都很奇怪。她又不知道我是在干什么，就瞎猜瞎想，越想越觉得害怕，那两个目木人，发现宝剑和我不见了，吓出一身冷汗，咬牙切齿地发誓要找到它，沫儿发现他们往我在的地方来了，偷偷打我的手机我不在服务区，便执意要回小茅屋去找我。周自恒没有办法，刚才已经惹她生气了现在正好将功补过，就陪她一起去找我。

　　班主任说，竞争和友谊是不冲突的。这学期我们年级来了个我大学时候最好的朋友，也是教数学的，实力非常强，我们在工作上都积极竞争，但是私下还是最好的朋友……

　　立即有人发问，老师，你那个朋友男的女的？

　　我们的班主任无奈地笑笑，哎，这年头学生咋都这样呢！

刹那一光年

他们搭了晚上最后一班开往回车巷的车，但是天黑黑的，一路看过去眼睛都快掉出来了还是没有找到那座小茅屋，最后到终点站了，只好下车，又没有车回去，只好住下了。沫儿一开始睡不着，后来就捧着手机慢慢入睡，昏昏沉沉之中开始叫我的名字，叫得周自恒气炸了肺，他根本就没睡着过，想着到底要不要下手，犹豫着挣扎着斗争着。直到我来了，他就想出了这么个办法，让我们产生误会，好让我气死，让我一走了之，让沫儿时间久了就忘了我，让她觉得是他一直陪在她的身边。

其实他喜欢沫儿可以跟我说，我又不是那种占有欲很强的人，大家可以公平竞争嘛，为什么要这样。我觉得很受伤，自从离开家之后，先后与两个陌生人结为朋友，一个子番，一个周自恒。我倒开始赞同周自恒那套"修车案"的假设了。世界上的每一个人，都值得怀疑。彩彩也许还不知道，平日里和她无话不谈的表哥也可以这样可怕。现在觉得校园真是一个纯真的地方，所谓的勾心斗角都太小儿科。真羡慕彩彩还能在校园里逗留4年，大学应该比高中还美，大学的生活是更加绚丽美妙的。我和沫儿，却是离熬出头仅差几个月的时间支持不住的。现在想想，如果我们和彩彩，和同学们一样咬咬牙挺过去了，生活就大不一样了，一个是天堂，一个，不至于是地狱，也差不了很多。后悔，根本就没有用，现在只能是降低标准以求活得快乐。真是太悲哀了，真悲哀。

我现在发疯一样地想沫儿，我要告诉她周自恒所做的一切。想到她现在还怀着感恩的心与他和睦地在一起，受着他的欺骗，受着他的软磨硬泡，受着他动机所谓爱的照顾，我就想撞墙！真的，我立时三刻就能撞上去，只是现在我还有事情没完成，我要去救沫儿。我打电话给沫儿，关机。靠！他这条自说自话横着影响水路畅通的破船，怎么能让沫儿把手机都关掉。万般无奈，我只好再打电话给周自恒，他又一次开怀大笑了，他说，我就知道，你还会打电话过来的。我说，你们在哪里，我来找你们。他说，你妄想能找到我们，更妄想把她带走。我听到电话那头沫儿的声音，她说，谁啊？周自恒说，没什么，我的同学你又不认识的，你到对面的超市里去买瓶水来。我拼命地吼——沫儿，沫儿，我是诺儿呀，叫他把电话给你。周自恒说，你别喊了，她听不到，她去买水了。我说，你卑鄙！他说，你骂啊，你越骂我越觉得痛快，哈哈哈哈。我说，你告诉我，你们在哪里。不然我就去告诉彩彩你是什么样的人。他沉默了，过了一会儿说，好吧，还在稷下，沫儿她不肯走，她说她要等你回来，她说你一定会回来。周自恒的声音变得苍白，忽然又恶狠狠起来，为什么她心里就只有你，你抛弃她你误会她你不信任她，她还是无怨无悔，为什么！随后我听见一下闷闷的撞击声，再后来就什么声音都没了。我猜想也许是他把手机扔到了床上。

不过，我没有挂，就一直把手机放在耳边。过了一会儿听到了沫儿的声音，沫儿说，周自恒，你怎么把手机扔在我的床上。喏，拿回去拿回去。咦？你还有一个电话没结束啊。啊！诺儿的电话！

我喊，沫儿，沫儿！是我，是我。

沫儿把手机放到耳朵边上，声音掩饰不住地兴奋，她说，啊！诺儿。你在哪里啊？我们在稷下酒馆，你快回来呀。

周自恒的声音，沫儿，你怎么可以随便听我的电话呀，给我。

我说，沫儿，他挑拨离间，是他故意造成误会的。

嗒，那头电话被挂了。

※　※　※

我真恨不得插翅飞了去，兴冲冲地赶到稷下酒馆，找到他们的房间，看到了沫儿，我就跑进去，抱住沫儿说，对不起，是我不好，对不起。不过，以后再也不会了，我保证。我给你一个承诺。说这句话的时候，我有种奇怪的感觉，说不清楚。

怎么沫儿冷冷的，也许是生我的气了。我很懊恼，说，是我太糊涂，我无可辩驳，可是，你怎么样才能不要生气了呢？

突然，背上一阵剧痛，是被周自恒打了一拳，我被打在地上，他正打在以前子番刺的刀伤那里，旧伤新痛，火辣辣地疼，疼得眼泪直流，我控制不住。不过我硬是站了起来，决不能让周自恒看到我的软弱，那更成了他的笑柄他耀武扬威的资本了。而沫儿，我没办法，什么时候软弱什么时候坚强，她都知道，一直以来，她都能看穿我的心。

第二十届的教师节。我们班级被拉去集体朗诵，真纳闷怎么会轮到如此如此光荣的一个任务。叫我去朗诵实在是——四个字——太恐怖了。不过很无奈，不去也得去，去也得去。自修课排朗诵比上物理课还要叫苦连天。其实这总是一个锻炼的机会。只是我实在不喜欢上台，从小就弹琴，表演的历史悠久，什么电视台大剧院国际会议中心的后台我都可以画地形图了，可是每次上台还是要紧张老半天。看看周围的同学，都面不改色心不跳的样子，想起一次表演合唱后别班同学跟我说的，你们班级别人的脸都是白的就你一个是红的，而且特别红，一眼就认出来。

这种上台练胆子的锻炼机会，我还是少遇见一些吧。我固然知道需要这种能力，还是很不情愿。

我说，你干什么啊？莫名其妙地打人。刚才沫儿没有问你吗？什么叫挑拨离间。你没有告诉他吗？周自恒得意洋洋地露出微笑，我有一种不详的预感，果然，他说，是啊，不错，她问了，我也老老实实地告诉了她一切。可是，结局和你想的恰恰相反。沫儿她被我感动了，我如此用心良苦，她说，如果你有我的一半她也就满足了。可是你看看你自己平日里都干了些什么，从来不尽什么责任甚至连安全感都给不了她。现在沫儿她跟我了，你一个人寻找你的疯梦去吧，后会有期哦，好兄弟。我搞不懂是怎么回事，我转头去看沫儿，问她，这是怎么了？沫儿的眼光冷冰冰的，她说，难道自恒哥哥还没有说清楚吗？那么请他再说一遍给你听啊，如果你想听我亲口说，也没问题。你别不死心了，有点儿自

刹那一光年

知之明吧。我不相信，这不可能，我绝望地叫着她的名字，沫儿，沫儿，你不要这样，你生气的话打我骂我都可以，不要这样好不好？沫儿说，陈诺同学，你很烦，从今以后，我们两个没什么关系了，你最好搞清楚一点。好聚好散，你走吧。我说，好吧，我走，一个人去寻梦，再见。不对，最好不要再见了。

我鬼一样地飘出这个地方，这里——稷下酒馆，真是一个伤心地。难怪第一眼看到它就没什么好感。我要走，尽快离开这里，过一个人浪迹天涯的日子，就像古时的侠客，义士，说客。重新开始，重新开始我的生活。哈哈，真荒唐。不过，没关系，我会过得比你们好，我要让你们看到，我的感觉没有错，我找到我的梦了，而且我沉浸在迷梦里过神仙一样的生活。我能超越时空，去古时候大仁大义的世界……唉，自欺欺人的诺儿啊，你没有了沫儿，就是一个失魂落魄的鬼，或者，干脆是行尸走肉。曾经沧海难为水，除却巫山不是云。

我决定到山西去，去看看长平之战的古战场——那个白起活埋了40万赵军的战役。不知怎的想像起那个画面就会想起诺儿的爹，辇下风光，山中岁月，海上心情。现在一个人了，我必须把脑子填得满满的，不然就会想起沫儿，想起周自恒，想着他们现在不知道在哪里在干什么，想着但愿他是真的比我还要爱她。只要他不存恶意，不要得手之后就弃如敝屣，不要是个虚情假意的浪公子。如果他说的真的对，我根本就不会照顾人，根本就不会尽责任，根本就给不了沫儿安全感，如果他能，这一切他都做得到，那么好，我让他。记得有这样一首小诗，我爱你，可是我不敢说，我怕说了我会死。我不怕死，我怕我死了，没有人像我这样爱你。如果周自恒能达到这样的境界，我会祝福他们。

唉，想好了不许想他们两个的，我要快乐，要比他们快乐。何况，我自己还有要做的事情。

上了火车，已经是晚上了。我买了几瓶酒带在书包里，拿出来喝，突然又很想唱歌。

黑漆漆的车窗外

路灯站立得那么苍白

晚归的人无法忘怀

夜的召唤

黑漆漆的车窗里面

我猜想你至少说声goodbye

我暗自埋怨无法忘怀

你的离开

颠簸的车上

渐行渐远是昨天的色彩

我只要再多想你一点

眼泪就要不听使唤

凝结的夜雾会不会浸湿了你的衣摆

我挂心着你却不懂你说的话

好聚好散

刹那一光年

你说爱伤怀

爱太无奈

没有爱我又怎么会在这里徘徊

......

欲将沉醉换悲凉，清歌莫断肠。我对自己说，诺儿，你不要这样，振作，坚强。

睡一会儿吧。

17

骷髅山、杀谷、哭头、省冤谷。这些名字真让我震撼，是啊，40万是多么大的一个数字啊，也许听的人很麻木，仅仅存着一个人多的概念。可是我能感觉得到那种场面，诺儿附于它在我的意念里，我能理解诺儿的爹娘为什么会死，看上去事不关己，可是真正地身在其中了，就难以推卸地陷进去，无法自拔。长平战骨烟尘飘，岁月遗戈金不销。野人耕地初拾得，土花渍出珊瑚色。而当初的这里呢，白骨高于太行雪，血腥并作丹流紫。

我混在一个旅游团里，听导游的讲解，说村中有条小河，清流经年不断，村里人一直取河水制作豆腐。随便走进一家会制作豆腐的农户，主人都会告诉你：这里的豆腐叫烧豆腐，与其它地方的豆腐不同。因豆腐为白色，百姓便比之为杀人魔王白起，而制作烧豆腐也就等于烧烤白起肉了；豆腐用炉火烤得焦黄，吃时配上蒜泥，说是白起脑，意在让后人世世代代咀嚼白起的肉和脑，以泄心头之恨。

白起。我突然想到诺儿对他的称呼，白伯伯？如果说诺儿后来真的去了秦国行刺，那么应该是同朝为官啊，怎么会是白伯伯呢。啊，对了，我想起来了，还有他爹，他爹不是一个奇人么，让我好好想一想。

学校要争创文明单位示范性单位，苦了我们。每节体育课练习走队形出场进场出场进场向后转向右转。广播操，一个拍子的动作举五分钟，长期下来，我已经练就了一边举着手一边睡觉的好习惯，并且听到上面说"手放下"就会醒。学校还专从外校聘请了一位资深体育老师。这位老师经常富有激情地说："手要像棒子一样。"以后很长一段时间里我们都用"像棒子一样"作为这名体育老师的代名词。

本来去年我们也练，因为是刚进这个学校的新生。而今年满心的幸灾乐祸想着可以看他们练这些东西了，不想自己运气不好，到了我们又要争铜牌子，体育课也渐渐比物理课更讨厌。

心里气不过，没处发，写下来出出气。

刹那一光年

那天里正来过了以后，爹娘带着诺儿连夜坐马车到了秦国，爹找到一位故人，他们一家暂住在他的家里。听爹说，那位伯伯叫白起。他不在家，诺儿没见过他，只听人家说他长得高高大大，眉宇之间透着威严，让人看到就为之一震。在白伯伯家里住的那一段日子，吃饱喝足样样不愁，那便是富贵人家吧，还是秦国比赵国富裕呢？这个问题诺儿也问过爹，他说，不，赵国现在仍然比秦国富裕，但是秦国终究会一统天下，这一天一定会来，只是我未必看得到。我要做的只能是在我的有生之年为国尽力而已。诺儿觉得很深奥，不过没有再问下去，因为爹就是这样一个难懂的人，从他记事起就一直如此。常常一个人吟诵一些诗句，做一些感叹，这些诺儿都听不懂。还有比如明明赵国比秦国富裕，爹明明有那么有钱的朋友，可是自己还住在茅草屋里。诺儿想等自己长大了也许就会懂。因为娘在他很小的时候对他说过，你爹是一个伟大的人啊。

有一天深夜，诺儿见爹穿戴整齐出去了，很好奇，就偷偷地跟着。爹走到一个小房间里把门关上，像是里面有人在等着他。诺儿就在门外偷听，一开始听不清楚，到后来里面的谈话声渐渐大起来，也许是放松警惕了。只听见爹说，武安君为国家效力我能够理解，但是我也为我的国家效力。我可以这样告诉你，这一次你们的反间计已经成功。只是我请您向武安君请求一件事。另一个声音说，不必。先生的事武安君一定会竭力办到。爹说，不要杀你们俘虏来的赵国兵。那个声音显得有些不以为然，这件事么？我现在就可以代武安君答应先生。因为我们一般都不杀俘虏。爹说，那么，请君千万记住。希望君遵守诺言。那个声音说，是的，一定。先生住在这里还满意吗？爹说，您的招待无微不至，多谢。那个声音说，荣幸之至。爹说，那么，我在这里先向君告辞了，明天您军务繁忙，不来打扰。诺儿明白了，原来那个声音是白伯伯的一个亲信。亲信说，怎么？先生要走了吗？何不等武安君回师之后再走呢？爹说，不了。明天赵括大将军要起程去替代廉颇大将军，我也要回赵国与百姓共赴国难。亲信笑了，先生将此次战争称为国难么？是不是太夸张了？语气中透着抑制不住的得意。爹叹了一口气说，不。不夸张。只愿君真的能够信守诺言。

第二天清晨，爹和娘整理了东西，带着诺儿就离开了。白伯伯家里的仆人在门口站成左右两列，管家说，主人还是非常希望先生能留下。爹说，不了。请转告，谢谢。这封信请您在武安君回师后交给他。管家说，是的。我会按照先生的吩咐。那么，请您把这些珠宝银两带走吧。爹说，我们车马费足够了，谢谢你家主人的好意。我们上路了，留步，告辞。

爹头也不回地迈出大门，娘拉着诺儿，跟在爹的后面。就这样又回到了邯郸城郊那间小茅屋。

原来，白起，白伯伯，就是杀了40万赵军的那个武安君。他的亲信这么爽快地答应了诺儿的爹，是因为他觉得那是理所当然的。也许杀人是秦王的命令，也许白起真的有难言之隐。记得《史记》上写，他被范雎陷害，自杀前说，我固当死，长平之战，赵卒降者数十万人，我诈而尽坑之，是足以死。我迷惑了，被百姓这样恨之入骨的杀人不眨眼的一个将军，也是值得同情可怜甚至敬佩的。他虽君令不可违，仍然是一条铁铮铮的汉子。心中顿升起浓浓的茫然，人生，真的很深奥，看不透，想不透，穿不透。

※　※　※

我想我该去陕西了，咸阳是秦国的都城，一定有故事。可是诺儿的命运注定是悲惨的，因为历史上秦昭王没有被刺死，他若去行刺，必败无疑。我不想知道诺儿是怎么死的，我只是希望找到些许的快乐。我的今生已经注定了一败涂地，但是如果知道诺儿是快乐的，我也会快乐。不过，我也抱着一丝侥幸，因为历史上也没有记载有人刺杀秦昭王，说不定诺儿根本没去。

什么都别想，快点出发去咸阳就是。

在咸阳的街道上，我走得很慢，这里的一草一木一花一柳都在勾起我的回忆。下火车的时候，看着这个从未涉足的城市，我却觉得似曾相识。是啊，我知道这是为什么。

又到了这片土地上，感觉大不一样了。上次来的时候，是去白伯伯家住，诺儿还是一个孩子，在爹娘庇护下的孩子，什么都不懂。谁又能想到爹娘死后的三天三夜，一个人可以脱胎换骨地成长。时隔不久再来这里，已经物是人非了。并且这一次是作为秦国不共戴天的敌人，而非客人。

秦国一向求贤若渴，于是诺儿决定直接面见秦王。

我要见大王。

不行，大王难道是你随随便便可以见的吗？

你们不让我进，以后我通过别的方式见了大王升了官，你们可别后悔啊。

哼！你会么？看你小子乳臭未干不要吹牛了吧。

我……

让他进去。

丞相大人！可是这……

大王那边我自有交代，我看到他的眼睛里有雄才武略。

是的，丞相大人。

你叫什么名字？

陈诺。

唷，好名字。正好我进宫和大王讨论事情。你就跟在我后面，等一下我来引见你。

谢谢丞相大人。

诺儿心想，爹，难道是您在天上保佑我么？只是，我要辜负丞相的"雄才武略"了。丞相啊，您英明了一生，可是这次却看走眼了。我的雄才武略，是为赵国的。也奇怪，面对着丞相反而没有什么敌意了，使秦国大展宏图的居然就是这么一个干瘪的老头儿。

经过了一番深谈，秦王和丞相果然频频点头，露出了欣赏的笑容，秦王任用了诺儿。诺儿窃喜，计划的第一步成功了。今后可以慢慢地放手去干了，真有些跃跃欲试迫不及待。爹，娘，你们保佑诺儿成事吧。

每天早上起床的时候我总要想今天能发生什么特别的事，如果想不到，那是断然起不来的，因为没有新鲜事我就毫无动力。想到了之后，一天都在等待。其实不一定是好事，只要特别就可以。比如打针啦，有个实习老师要来上一节课啦，本学期第一次活动课啦，都算。此时此刻，是晚上十点半，为了明天起床可以迅速，于是我拿着课程表推测明天哪一个环节会发生特别的事情。

结果是，明天物理考试，默语文课文，还要背出一篇教师节的朗诵稿。突然看到还有体锻课，想想也是这个学期第一节体锻课，勉强可以算件事。

又万分无奈地想到，体锻课是用来纠正广播操姿势和练队形的。

明天看来很难起床了。

一个貌若天仙的女子，比诺儿小几岁的样子，和周围别的女子相比又添了几分高贵的气质。漂亮的大眼睛明亮地像闪闪的星星，酥胸款款，腰枝颤颤，投足如风摆嫩柳，举手似雏燕凌空。看着她一步步走进来，坐下，诺儿着迷了。直到群臣跪下拜见的时候只有他一个人还站着，呆呆地看着她。这时候她也看到了他，甚至于，所有的嫔妃公主都看到了他。张禄拉了拉诺儿，他赶忙跪下来，随着群臣喊，拜见皇后娘娘，拜见幸姬娘娘，拜见晓月公主，拜见……诺儿心想，难道她就是王最宠爱的晓月公主么？记忆中为何觉得她是如此眼熟，似在哪里见过。

对了，如今这张红扑扑的脸，不正是当初在桥上见到的小白脸公子么？原来她是公主。一抬头，看见她在笑，她的眼神游离在空气里，不知道这倾城倾国的笑容为谁绽放。想到倾城倾国这个词语，诺儿清醒了，她是公主，王最宠爱的晓月公主。而自己，区区一个御使。根本就不可能。想起那次桥上的邂逅，只能把它当作平生做过最美的梦了。于是他喝得烂醉，醉了他可以沉浸在幻觉里，梦回那个阳光灿烂的下午。

庆典结束后，张禄把诺儿拉到一边。陈御使，你看上晓月公主了，对不对？诺儿说得很响亮，一边还手舞足蹈，是！是！她是我见过的最美丽最高贵最善良最……张禄说，好，好，好。那么我告诉你，你不是没有希望。只要你步步为营，加官进爵，如果以后你成了有功劳的大将军，比如灭了赵国……张禄意味深长的语气，意思是赵国如今已是手到擒来的了。诺儿说，行，没问题，不就是个赵国么。什么？赵国！不行！不……诺儿倒下了。

18

酒醒了。诺儿一个人临风望月，想借风清醒一下，更想借月幻想一下。他这才知道，爱上一个人，原来可以那么汹涌。月儿啊，她是拂晓的月儿，还是知晓月儿的嫦娥？月儿将银光洒了一地，更勾起了诺儿的相思。柳枝在微风中轻轻地摇曳，好像她的召唤。诺儿以前从来不相信有什么一见钟情有什么地久天长有什么地老天荒。可是他被爱的神箭射中了。诺儿想，也许这是命中注定？注定他要一生都为这个女子酒入愁肠么？今晚的一见，他肯定这辈子都难以忘怀，可是公主根本不认识他，因为他只是小小的御使。有功劳的将军官吏多的是，再怎么轮也不会轮到自己。除非，除非把赵国灭了。这不可能。绝对不能让她影响了大事。诺儿明白，做大事是要牺牲的，只不过，这个牺牲也太大了。红颜祸水，可是，实在不忍心称她为祸水。她看上去，像一潭静静的清清的湖水，湖边，月上柳梢头，人约黄昏后……

诺儿重重地敲打自己的头，想把那潭水打出波纹，打得支离破碎。可是过了一会儿它又恢复了平静，像一面镜子一样照出诺儿的心。诺儿看到自己的心里已经深深地刻下了她的名字，她的样子。他痛不欲生。爹，娘，诺儿要怎么办？胸前的青铜小盒子敲打胸口，发出闷闷的声响。

范雎

我叫了马车把诺儿送回家。一路上我都在琢磨那句"什么？赵国！不行！不……"。是的，陈诺是赵国人，这我知道，王也知道。可是这句话提醒了我，如果，他是赵国派来的卧底呢？他年纪那么小，才17岁，会吗？不管怎样，防人之心不可无。像他这样有才华，文武双全的年轻人，真的很少见。如果让他出了秦国，不能不视作一大隐患。

说实话我很喜欢诺儿，看到他想起以前的自己，身怀着本领，胸怀着大志，却遭人欺负。诺儿比我幸福多了，当年我在魏齐家里受的耻辱，生生世世都忘不了。想到魏国，又不免惆怅，远以为我可以潇洒地摆脱思乡之情，可终究还是在所难免。原以为魏国是我的伤心之地耻辱之地，我会一辈子怨恨那里，可终究是故土，生长的地方，会和仇恨一样在心里根深蒂固。一如我化名张禄到秦国为相的这几年，时刻都清楚自己的名字，是范雎而不是张禄。我时刻等待着报仇，也时刻等待着回乡。

眼下只能利用晓月公主拴住诺儿，不让他离开。看诺儿今天的状况，晓月公主绝对起得了作用。呵呵，女人，果然有不可言喻的好处。男人的弱点，英雄的致命弱点。很好。我现在就到公主那里去探探虚实。

晓月

丞相刚才莫名其妙地来请安，我就顺便探听一下今天在宴会上看到的那个男子。那个人，似乎就是我女扮男装到赵国去玩的时候在一座桥

刹那一光年

上遇到的那个。丞相说他就是父王新任用不久的陈御使，还说他是个文武双全的人才。呵呵，在丞相口中人才两个字是最客啬的，我果然没走眼，他是个人才。只是看似涉世未深蛮傻蛮可爱的。他一个人呆呆地看着什么，看得很专注，脸上写着两个字——痴迷。可是他的眼神游离在空气中，不知道才子的心在何处停留。我对这个人很好奇，时而让人觉得他幼稚，时而让人觉得他深沉。还有，他看父王的眼神，让我觉得害怕。后来我对他笑笑，想表示友好，他也并没有注意。我决定要认识他，在后宫里没有一个朝气蓬勃的家伙，都快闷死了，这下我有事情可以做了。他就像一个谜，我要知道谜底。

明天我就跟父王说去，要陈御使来陪我读书。

御书房。

父王，就同意了吧，好不好嘛。

这怎么行，叫朝中大臣来给你当伴读，成何体统？不行不行。

父王不答应女儿，那就是全天底下最坏的父王。

什么话，没大没小。到别处玩去，你父王等会儿要和丞相大人商量国家大事，岂容你在这里胡搅蛮缠？

不管，我不管，父王答应了我我才走。

乖，再不走父王要生气啦。你看你看，丞相都已经来了。

唷，晓月公主在这里啊。拜见公主。

免啦免啦，张卿，我们说事吧，不要理她。

晓月公主是为了何事到大王这里……

我要父王让陈御使陪我读书。

张卿啊，你看看她，天底下哪里有这等事。真是异想天开。

原来如此。大王，依臣看，大王就依了公主吧。

哈哈，父王，听见没？丞相也这样说了，就依我吧。

大王，这是件小事嘛，大王任何事情都依公主，这件事为何不能呢？我看陈御使年轻有为，人品不错，肚子里墨水也不少，让她给公主当伴读，也许就不用大王担心公主的学业了。况且臣以为陈御使会很乐意的。

既然丞相这么说，那，好吧。先说清楚了，你不可以欺负人家陈御使。

知道啦，父王，你是天底下最好的父王。

那么快就改口了？

嘻嘻，我不打扰父王和丞相大人商量国家大事了，我走啦。

张卿啊，你说为什么晓月非要陈御使陪读呢？

呵呵，大王，少女情怀，情窦初开，才子佳人，岂有不爱？

昭王愣了一愣，随即意味深长地朝范睢笑笑，是男人之间特有的相通。

已然过了初秋，我又一次三更半夜在灯下奋斗。想起那首朗诵诗里这样写道，深夜，当树林停息了最后一声鸟鸣，老师的身影，还伴随着淡淡的灯光。不知道我这样是不是也能算。树林我是不知道，蚊子却依然活跃，我被咬了不下10个蚊子包，也许蚊子和辛勤的园丁们有着共同的习惯。所以事物都有其两面性，自古以来人们都没找出蚊子的好处，

刹那一光年

> 陪我熬夜就算吧，如果没有蚊子，我一定早就睡着。我不用悬梁刺股，很满意了。

　　当日，诺儿就接到了王的旨意。

　　翌日，诺儿去了公主那里，满屋子的宫女太监退到外面。门被关上了。

　　喂！陈御使，父王叫你来陪我读书，你可不能欺负我哦。

　　不敢。

　　那，我的要求你都满足我吗？

　　是。

　　我们聊聊好不好？我不希望你跟别人一样就知道逼我读书好去给父王交差。

　　好。

　　我好想有一个真正的朋友，可是每个人都是因为父王而对我好对我顺从。

　　哦。

　　我也不知道为什么这些话会愿意跟你讲，也许是因为你比我大不了几岁吧。

　　嗯。

　　喂！你到底会不会跟人讲话啊。

　　啊？公主。

唉，原来也是个草包。行了行了，下去吧。

……

我说陈御使，听见没有啊，你可以下去了啊。

是，公主。

哼！叫你下去你就下去啊，本公主真是瞎了眼，找到个这么没出息的家伙来陪我读书。为了你这个家伙我还差点被父王责怪，亏得丞相大人帮我说话。你真是气死我了！

公主，微臣……

不要说了。下去吧。

19

诺儿回到家里，一头倒在床上。他不知道，这是梦，还是奇迹。为什么王会突然诏他去给公主陪读？其实，这种问题还有什么意义呢，即便是梦，也好好珍惜吧。毕竟，关于公主的任何一丝牵挂，都是可遇而不可求的。只是，这么美丽的夜晚，诺儿看到月儿被一片淡淡的乌云遮住了一部分。心里有一点缺憾，因为自己今天在公主面前的表现实在遭透了，像个呆瓜，太紧张的关系。以后，要加油了。

诺儿的嘴角挂着一丝微笑，静静地睡着了。

刹那一光年

　　忽然，诺儿满身冷汗地醒了，他从床上跳起来。发现是个梦，再度倒在床上。刚才他梦见了爹娘，梦见了赵国，梦见了40万人被活埋的场面。诺儿喃喃地说着，不行，我不可以爱上她，她是秦国的公主。绝对不可以！外面的奴仆被吵醒了，跑进屋里问，大人，怎么了？诺儿看见了奴仆，清醒了，说，哦，没什么，做了个噩梦。奴仆嘀咕着走了，似乎对诺儿吵醒了他的美梦很不满意。到了外间继续睡，不一会儿就听到了鼾声。可是诺儿再也睡不着了，他抱着腿坐在床上，找不到月儿的影子。这时候月儿已经被乌云通通遮住了，看来明天要下雨。诺儿想着，在秦国的目的是刺王，这里，所有的一切对自己而言都是假的，并且必须是假的。刺王，晓月公主将失去疼她宠她的父王，听她的语气里，父王是她的骄傲和依靠。每个人都有自己的优点，当要刺杀一个人的时候，那人的优点就全部涌进脑子里，挥之不去，不忍下手。但是，他若不下手，赵国40万勇士的灵魂谁来抚慰，爹娘的死何来价值，将来又会有多少人妻离子散家破人亡？比之公主还有她的王兄安国君，还将集万千宠爱于一身，还是荣华富贵锦衣玉食，孰轻孰重，诺儿自然知晓。只不过，情不自禁啊，情不自禁。他宁愿放弃，即便一辈子违背良知，他也要保护晓月公主不受丝毫伤害。如果要他自己选择，他一定会放弃。规规矩矩地当他的陪读，当他的御使，辅佐王，灭其它诸侯列强，只要攻赵国他不参加就可以了。立了战功就有机会娶晓月公主为妻，在一起相扶到老。但是诺儿觉那40万的冤魂和爹娘的亡灵都在看着他，意念中还有很多穿着破烂的百姓跪在地上苦苦哀求，秦国的王啊，将军啊，士兵啊，

不要再打仗了吧,这里是我们的家园,我们多少代人的香火在这里延续,我们的祖先在这里打造生活,请不要让铁蹄踏过这片土地,让兵车碾过这片土地,让我们亲人的鲜血浸没这片土地!

诺儿觉得无助蔓延得全世界都是。身边连一个可以商量的人都没有,连月儿也躲起来。什么意思!夜,那么深沉。公主,你睡得好吗?还好我现在失魂落魄的样子你看不到。如果梦里你见到我,让我告诉你,我爱你。

老师问,同学们,暑假里一场完整的奥运比赛都没有看过的人举手。我刚想举手,四周看看,一个都没有。而且大家的脸上都很坦然,似乎没有我这样的人。惭愧啊惭愧啊,我真想时光逆转,再重新看一遍,虽说有重播,但总比不过有悬念的现场直播来得精彩。

诺儿第二次去陪公主读书,少了点紧张,但仍然无从表现,手不知道该往哪里放,脸上不知道该有什么表情,嘴里不知道该说什么话,总之魂不守舍,乱七八糟。

陈御使,上次你的表现让我很不高兴。父王说,你平日里和他讲起军机大事来头头是道的,怎么到了我这里就不讲话了呢?今天,你必须讲到十句话才能放你走。而且一个字两个字的不算哦。

公主,其实……

说呀,你不用怕我,我又不会吃了你,也不会让父王把你抓去砍头的。

刹那一光年

微臣不是怕公主，微臣是……是……

到底什么啦！

微臣不懂什么书，陪公主读书实觉诚惶诚恐。

哎呀，原来就是这个啊，没问题啦，我也不是真的叫你来陪我读书的嘛，那只是个借口。文武百官中难得有你这么年轻的，我找你陪我玩啊。

好。公主想玩什么？

嗯，你说吧。

那，微臣给公主念一首诗吧。

好啊。

关关雎鸠，在河之洲。窈窕淑女，君子好逑……

晓月

今天他给我念了一首诗，窈窕淑女，君子好逑。不知道是什么意思。

蒹葭苍苍，白露为霜。所谓伊人，在水一方。逆洄从之，道阻且长。溯游从之，宛在水中央。

心乎爱矣，遐不谓矣。中心藏之，何日忘之？

绸缪束刍，三星在隅。今夕何夕？见此邂逅。子兮子兮，如此邂逅何。

……

　　我开始发疯一样地想沫儿了，思如泉涌，一点都无法控制。自从和沫儿在一起之后，从来没有分开过那么久。我这才知道，爱是多么可怕的一样东西，可以让人这么痛苦，我简直着了魔了。诺儿对公主是可望不可及，我呢，相隔千里，路远迢迢，更可怕的是她根本就已经喜欢上了别人。我知道，两情若是久长时，又岂在朝朝暮暮。可是……

　　还是忍不住发个消息给沫儿，拿起手机，却不知道发什么，于是又黯然放弃。此情无计可消除，才下眉头，却上心头。九曲宛转的愁肠，便是这样的么。路边的树下，车站上，不时地有情人相依偎，我和诺儿，都是为情所困的傻瓜。

刹那一光年

诺儿哥哥，每一次你都教我念一首诗，已经那么久了，你从来都不告诉我诗的意思，为什么呢？

诺儿抬头看着天，天空中的云彩像小时候爹娘给他吃的抽丝的棉花糖，很轻的，飘飘然的。他说，那些诗等公主以后有了驸马，就自然会知道了。那个时候，希望公主还记得在下。

怎么会忘呢，等有了驸马，你还是我的陪读啊。

诺儿叹了一口气，说，不，我终究要离开。

晓月问，为什么？

诺儿不说话。

她急了，诺儿哥哥，我们已经是那么好的朋友了，无话不谈的嘛，说啊说啊，你为什么要走？

诺儿转过身来看着晓月，双手搭在她的肩上，晓月睁着水灵灵的眼睛看着他。他陶醉了。这个时候，诺儿有种想去吻她的冲动。当这个想法闪过脑海，诺儿颤抖了一下，放开了晓月。魂牵梦萦的人儿就在眼前，距离那么近，近得可以让人窒息。可是，仍然那么遥远。一个是天真无邪的公主，一个是蓄谋已久的刺客。诺儿告诉自己，放弃公主，放弃公主。可这并不是他第一次如此告诉自己，已经是，千千万万次了。事实证明，他做不到。而且正在越陷越深。如果不来当这个陪读，也许还会好一点。偏偏，最不该来的人来了，造化弄人吧。还是，老天在考验什么？

诺儿哥哥，你怎么了？

啊，没，没什么。公主，如果哪一天，我不能来陪你了，你不要难过，知不知道？

不行，我当然会难过。你，为什么不能来？

以后，你……

我自然会明白，是不是？干嘛什么神秘兮兮的。没劲。

公主，原谅我。

哼！

教师节的任务圆满完成了。那天下午表演，早上的美术课政治课语文课全都用来排练朗诵。教师节到底是教师节，若是别的什么演出活动，老师们恐怕很难把课拱手相让的了。于是练啊练，连着三节课喊下来，教室里的饮水机上顶着的水桶换了三四次。

下午的时候，演出完了坐在现场看接下来的表演。在现场的只有6个班级，全校32个班级在教室里看电视直播。我们应该是很幸运的了，结果前方密密麻麻坐着高矮不一的从来没听说过的"重量级"的领导，会场又不是阶梯式的（是体育馆，自己搬凳子进去排排坐好，我们美其名曰会场）。3个小时坐下来，我的脖子起码伸长了2厘米，幸亏及时结束了这次的联欢会，不然就变成曲项向天歌的白鹅了。最可恶的是音响设备不太好的体育馆伴随着个别老师走音的演唱还规定我们挥荧光棒，大白天弄得跟人家开演唱会似的。

当天回到家里，只觉腰酸背痛，庆幸着我们在高中期间，不会再有逢五逢十需要庆祝的教师节了。

又是这样的夜晚。诺儿不敢看月儿，因为月儿的美丽一如公主，完美无暇，会让他更加心潮澎湃，无法自拔。低下头，月儿洒了一地的银霜还是映入眼帘。凝望着，只觉得一阵眩晕。诺儿常常在想，爱一个人，怎么样才能说明爱得最深，是能够包容她的一切，为了她放弃一切，包括祝福她和她爱的别的男人，包括她与自己的血海深仇；还是由于爱，丧心病狂，不能让任何人得到她，于是把她杀了再自杀呢？现在，诺儿心里很乱，他完全可以这样做，杀了公主，再自杀，只求死在一起。他一点都不怕死，可是杀了公主，对于诺儿来说，太不现实了。他连杀王都下不了手，何况是公主。40万赵军的仇恨，该记在范雎的头上，王的头上，白起的头上，文武百官的头上。她是无辜的。他宁愿退出。的确，最好的办法是，退出。

唉——拿什么作证，从没想过爱一个人需要那么残忍才证明爱得深。

决定了，退出。退出有晓月在那里微笑的桃花源。

也同时决定了另一件事——刺王。

想清楚了，诺儿终于抬头。天空中挂着一轮一往情深的月儿，弯弯如钩，似乎是少女细细的心事。

明天，是一生中最重要的一天。

磨刀霍霍。胆战心惊。痛不欲生。

……

到底是什么感觉，诺儿自己也说不清楚。

20

早朝过后，御花园。风和日丽，百花争艳，姹紫嫣红，王正在赏花喂鱼。

大王，臣请辞去给公主陪读的职务。

哦？为何？

臣自知才疏学浅，且近日公务繁忙。

嗯，寡人知道，寡人这个女儿一定无理取闹让卿烦恼，寡人自会教导她。

不，大王，公主虽活泼开朗，但从不无理取闹，是臣……

不需要说原因了，既然不想干，寡人准你。

诺儿在袖管里握刀的手慢慢地往王身边移动。

本来嘛，寡人就并不乐意让陈卿去陪我那个不懂事的女儿。从今天起你就不用去了，寡人自会跟她说明。

当那只手离王的衣袖近在咫尺的时候，突然开始不争气地颤抖，越来越剧烈。刹那间诺儿的脸色惨白。

陈卿，你怎么了？

回大王，臣胃疾犯了。

哦，那快回去休息吧，下午如果好些了再进宫议事。

诺儿心如刀绞地说出一句，谢大王。

转身，一滴泪滴了下来。

公主你不要怪我我是迫不得已的我是爱你的高山流水明月秋波都可以见证我的心可是我没有办法男子汉大丈夫不能为了一个女子放弃了信念和抱负何况那是父母用死来交给我的一个任务我永远不会忘记我是赵国的人对不起我真的无可奈何无能为力当你找到驸马的时候就不需要我这个朋友了或者说只是个玩伴大王就快要给你找驸马了你永远都不会再寂寞再孤单再需要我了……

爹娘赵国的百姓你们不要怪我秦王他那么信任我对我根本没有一点疑心虽然知道我是从赵国来的却仍然重用我我明白他只是看中了我的才华希望我为他的秦国出力可是毕竟这些年来都是秦国在养着我而且他是晓月的爹啊如果我一刀刺下去晓月就没爹了请你们大家给我一点时间我已经放弃了晓月等我再想清楚一点我也一定能够下得了手只不过我需要时间早晚我会让秦王为你们陪葬……

诺儿跌跌撞撞地想着走着，转了一个弯，在四下无人的地方停下来，靠着墙壁休息。突然刀从袖管里掉出来，哐镗一声，反射着阳光，今天的阳光特别刺眼。他满头大汗，慌忙把刀藏起来。

※ ※ ※

与此同时，范睢得到诺儿辞去陪读的消息，手中的茶杯滑落到地上，啪的一声，异常清脆。他想着诺儿这一举动的动机，进而又想到深藏在其中的玄机。看他今天上朝的时候萎靡不振颓废的样子，显然，作出这个决定他很痛苦，那么，就大有问题了，看来这个人，不得不防。他决定进宫见王。这个时候，顾不得喜不喜欢诺儿这个人了，这是大事。他要将他的顾虑告诉王，让大家都有警戒之心。

快点，快点啊！！

范睢真想插上一双翅膀飞进宫里去立即告诉王，只怕诺儿若是真的有什么阴谋，也许马上就要行动了。可是快到宫殿门口了，飘飘然来了一个喝醉酒的老头儿，手里还拿着个酒葫芦，疯子一样地在范睢的车前转来转去挡着路不走，马儿看到那老头儿都提起前蹄嘶鸣。后来车夫们冲上前去想把他拉开，他甩了甩衣袖说，不用，不用，走喽。说完转眼间就不见了。

范睢突然发现马车的椅子上有一束用红丝线扎好的头发。他捡起来，看了看，不知道是从哪里飘来的。

到了宫门口，范睢的头疼病却犯了，疼得厉害，天旋地转。范睢想，再疼，也先要把这件事告诉王。台阶走到一半，却倒在地上，什么都不知道了。

醒来的时候，已经是在自己的家里了，床边坐着宫里的吴太医。吴太医说，丞相在石阶晕倒了，大王叫我来。现在是否觉得好点？没什么大碍，不过是劳累过度，休息数日即好。

范睢想起身说话，吴太医按住他说，大王准您明天不用早朝，丞相

刹那一光年

这病最忌劳累，您好生修养，微臣先行告退。

范睢还想起床进宫去，又一阵头疼，只好睡下了，心想如果出事现在也该出了。是不是自己太大惊小怪了，也许他只是和公主有些小矛盾而已。于是便沉沉睡去。

开学有些日子了，想不到那么快，都高二了。填写自己年级的时候还是习惯写高一，真希望自己永远长不大。每次发现写错了就在"一"上面加一横变成"二"，那时候就会惆怅。有人说你长大了，该高兴啊。不知道。我高兴不起来。很羡慕彼得·潘，他能永远长不大。有很多人认为彼得·潘是在接受一种惩罚。我不知道。也许他很悲哀，当和他一起经历海盗的所有的人都白发苍苍的时候，他还年轻。惟独他，不能与大家一起慢慢变老。时间不能在他的脸上留下什么，但是岁月蹉跎，蹉跎着他的心。我不怕变老，怕长大。长大，是不是意味着没有人会再因为你的年少无知而宽容你，没有人会为你的孤独无助来疼惜你，没有人会顾及到一个茫茫人海中辛苦的灰色的人。当你因为长大而伤痕累累的时候，人们一瞥嘴角说，看看这个人，都这么大了还这样，也不羞。我害怕世态炎凉。常听大人们平静地感叹：没办法，这就是社会。眼看自己离着天真越来越远，还没有长大的我，却已经畏惧了。不光是害怕社会里的人，还怕，自己会和他们变得一样。

下午，大殿泛着温和的光芒，让诺儿想到一个词，阳光普照。也许，生活的确还有很多美丽的方面，诺儿想着。他并没有为这次的失败懊恼很久，反之，就像是获得了重生，开始懂得欣赏。他想，生活就是有高峰和低谷，现在，他恰好从又一个低谷中走出来，去慢慢适应没有公主的日子，他一定要把公主忘掉，不然死也带着一份对秦国的牵挂。他要过一段平静祥和的时光，当低谷再次来临的时候，就是他刺王的时候。

大王。

啊，陈卿你来了。胃疾好点了？

多谢大王关心，是。

哦，那么我们议事吧。

是。

赵国如今已然是一个将亡之国了，寡人想让卿带军直捣邯郸，卿以为如何？

不妥。赵国虽40万大军毁于一旦，可国内仍然有些许势力。

那寡人给卿30万兵马，总强于那些残余势力吧？一举灭了赵国，岂不快哉！

大王，上次长平一战，武安君功劳显著，这次何不再派白将军去呢。

丞相与武安君之间存有隔阂，若再让武安君带兵，恐怕引起丞相不满，陈卿人缘甚好，如此建功立业之机给卿无人怨恨。

可是还有其他将军呢。

惟卿一人威信能力与武安君不相上下，若换别的将军不如武安君，恐怕将士不服啊。

刹那一光年

大王……

请不要再推脱了，待寡人给卿选一个吉日，卿就上路吧，寡人等待卿的凯旋。

是。大王。

回去的路上，诺儿一路都在懊恼，为什么自己刚刚决定了要好好过日子王就要他去打仗。而且是赵国，他要怎么办。不过现在他不愿意再去想这些烦人的事情，船到桥头自然直，先睡会儿吧，好久没有睡个好觉了。

※ ※ ※

出征了。浩浩荡荡30万大军，在白起的训练下纪律严明，让诺儿不得不感叹秦军实力的确强大。昭王笑容可掬信心十足，诺儿实在不忍一睹，头也不回即拍马而去。

带着军队，他再次回到赵国的土地上，这里没有了往日灯红酒绿纸醉金迷的奢华，一片片木屋瓦房斜斜的不太整齐，街上人不多，冷冷清清，天空阴阴的不出太阳，整个感觉萧萧条条。一阵风刮过来，让人觉得有点冷。

几乎是兵不血刃，大军到了邯郸境内。行军到一半，有人来报，说前面发现一座小小的坟墓，挡住了行军去路，是绕道行还是毁了那墓。

诺儿一下想到，会不会是爹娘的墓。于是他下马跟着那士兵走到墓前，定睛一看，果然。顿时诺儿泪如泉涌。他知道，周围有士兵，男人流泪会被耻笑并产生疑心，何况他率领着一支军队。可是他控制不住，他没有办法，只好任由泪水流淌。身边的士兵发现了，奇怪地问，将军，您怎么了？诺儿揉着眼睛说，啊，沙子进了眼睛了，好大一粒。士兵说，哦，那么这墓……诺儿忙说，当然是绕道行了，别人的墓岂能随便毁了的。绕远点儿，省得搅了死者的安宁。诺儿知道，爹娘不想看到秦国人哪怕是一兵一卒何况是军队。不过爹娘啊，诺儿正在实施刺王的计划了，虽说前一次没有成功，但是，君子报仇，十年不晚，来日方长。

大军就驻扎在邯郸城郊。晚上，诺儿一个人偷偷溜出军营想去寻找爹娘的坟墓。突然，一把长剑挡住了去路，原来是巡夜的士兵，谁？

诺儿把士兵的火把举到自己的面前。

陈将军！

是，我趁着夜色到周围逛逛，看看地形。

哎呀，将军，依属下的意思，您还是回去睡觉吧。这赵国如今没有什么实力，攻打起来容易得很，不用如此大费周章。

诺儿心中暗暗叫苦，说道，但保万无一失。我也睡不着，去逛一圈全当散步吧。

是。将军。

市郊到处是坑坑洼洼的泥泞小径，杂草丛生。伸手不见五指的黑夜里，诺儿找了很久。想到马上可以到爹娘的坟前述说这些日子以来的苦楚，就有一股儿时的娇气涌上心头。只不过，其中夹杂着浓厚的沧桑和感伤。

当他终于摸到爹娘的坟前，抬头想与月儿共同分享他的百感交集，才想起今晚没有月儿。他无比地惆怅。当时明月在，曾照彩云归。爹，娘，诺儿来看你们了，你们好吗？你们听得到诺儿的委屈吗？你们知道诺儿有多想你们吗？爹——娘——他把青铜小盒拿到坟前，这是你们最后一晚给我的，我一直都带着，这是你们给我的护身符吗？

像当初一样，诺儿趴在爹娘的坟前睡着了，睡得特别安稳。醒来的时候，只听到远处传来士兵叫喊自己的声音，将军——将军——于是他赶忙理好衣冠跑过去，说，我在这里。

将军，总算找到您了，怎么样，今天攻城吧？我们屠了邯郸城怎么样？

不可。今天回去了。

怎么？邯郸不打了么？

不打了。

为什么？这次大王的任务可就是灭了赵国呀。我们千里迢迢到这里来了……

我自会向大王解释。现在听我的命令，回去！

是。

※ ※ ※

秦，大殿。

昭王看来很生气。狠狠地捶着椅子的扶手，叫嚷着，你说说你说说！到了门口了为什么不攻进去？煮熟了的鸭子能让它跑了吗？现在，那只煮熟了的肥鸭子生生给你扔掉啦，扔掉啦！

大王息怒，听微臣给您解释。微臣领了30万大军进入邯郸城内，看到的尽是老幼病残，面对这些手无寸铁的百姓攻城自然易如反掌，大王得到了城池却得不到人心，何况大多数人家里的亲人正是被大王在长平之战时杀害的。这样一个与大王不共戴天的国家就算名义上归顺了，还是会社会动乱，百姓们会起兵造反为亲人报杀身之仇。可是如果退出了城外，赵国的百姓都将深深地铭记大王的恩德，对大王的仇恨逐渐减退。这件事在诸侯之中传出去也将是一段佳话，说明了大王的仁德。

那么，依你所说，寡人就只好看着赵国一天一天地强大，东山再起吗？

那倒不是。等到赵国再征集了一些军队，大王再打。说起来秦国没有乘人之危以强凌弱，但是秦国的军队仍然是战无不胜的，那时我们的军队就一鼓作气将邯郸攻下。

嗯……昭王看来不再很生气了，他捋着胡子沉思了片刻。这样也好，卿的做法还是有可取之处的。卿一路辛苦了，回去休息吧。

谢大王。

刹那一光年

21

此时，范雎却清晰地嗅到了杀机，从诺儿身上飘散出来。他上前去对王说，大王，恕臣直言，臣以为，陈御使不得不防。王惊讶地转过头，卿何出此言？范雎说，陈御使的言行举止，都让臣怀疑他的动机。本来他就来路不明，是臣将他带进宫的，臣如今日夜思索，臣当初是否在引狼入室。王微笑着拍拍他，丞相是否太过猜疑了？陈御使是卿引见的人中最得寡人赏识的。寡人得此人才，是我大秦国的福气啊。范雎依然愁容满面，可是大王……王摆摆手，丞相好生休息吧，多注意身体。

诺儿回到家里，果然是累了，看到床就一头栽了下去，沉沉地睡着了。也不知道睡了多久，他醒了，月儿已经早早挂在了夜空。发现自己还穿着朝服，鞋子也没脱，被子也没盖，仆人早已在外间打起呼。就起来简单地漱洗了一下并换了一身衣服，再钻进被窝里。可是诺儿已经睡不着了。他就坐在床上，思索着。

这一次去赵国，加固了他要刺王的决心。看到阴霾的天空下毫无生气的邯郸，宛若一座枯城。诺儿实在不忍心这样比喻邯郸，可那是事实。看到爹娘的坟墓孤零零地杵在荒村，看到赵国百姓的生活有那么大的改变，他心痛。想来别的国家今后也将是这种局面，那将是更多更可怕的悲剧。明天，就明天吧。诺儿将那把短刀擦了又擦，拿在手中端详了很久。诺儿心想明天一定要出手，不管是成功还是失败。成功了，很好，失败了，很遗憾，但是诺儿尽力了。刀面照出自己的脸，多么憔悴的一张脸。

　　走进大殿的一刻，诺儿回头看了看，好苍白的阳光，这是最后一眼了。不管王有没有死，诺儿总是必死无疑的。王死，周围的侍卫乱成一团一拥而上，乱剑刺死。王不死，周围的侍卫喊着有刺客一拥而上，乱剑刺死。死对于诺儿来说，是解脱。想到再也不用徘徊挣扎，抉择自己无法抉择的抉择，他就轻松。大不了是死，想到这里，诺儿顿时觉得混身都是勇气。

　　大王。

　　啊，陈卿你来了。昨天睡得还好么？

　　多谢大王关心，是。

　　哦，那么我们开始议事吧。

　　是。

　　诺儿的呼吸有些急促，敏锐的昭王似乎是意识到了这一点。陈卿，你是不是还没休息好？不舒服的话准你回去修养几天。

　　大王如此关心微臣，微臣真是受宠若惊，不过对不起了大王。说罢诺儿便迅速拔出了短刀，直向他的心脏刺过去。正当那短刀离王的心脏几乎已经没有距离的时候，诺儿觉得内心深处冲出一股强大的力量，趋

使他把短刀刺偏了一点。昭王看着那把刀像一条大白蛇似地游到自己的面前，顿时手足无措丝毫没有抵抗能力。自己是那样信任他，器重他，可是，恩将仇报，真恨当时没有听进丞相的话……一阵钻心的疼痛将思绪打断，他被刺中了，只是没有刺中心脏，而是旁的什么部位，他疼得没有了思想，于是倒下。侍卫们果然像潮水一样涌来，诺儿闭上眼睛，等待着长剑的热吻。

父王！突然，一个清脆的声音响了起来。这个声音，把诺儿所有视死如归的意志全部轻而易举地击碎，那一刻他睁开了眼，他渴望再看一看那思念千百度的脸庞，告诉她，我爱你。

晓月公主走了过来，你们在干什么？

一个惊魂未定的侍卫回答道，公主，大王他，被，陈御使……

陈御使？我正是为了他来的，他在哪里？

公主，不，不能。另一个侍卫也是语无伦次。

什么不能？她拨开众人，看到了血泊中的昭王，惊呆了，父王，你怎么了？父王！快，快传太医，抬进去抬进去。转过头问道，谁干的？公主的声音前所未有地严厉起来。她站起身，慢慢地将周围扫了一遍，每个经过她眼睛的人都忍不住战栗。

回答说，陈御使。有人把诺儿推到公主面前。

诺儿此时已经无颜面对晓月，他低着头，一脸的无可奈何，而晓月却看出暗藏着的一股逼人的英气。

她看着他，脸上的神情全部消失，只呆呆地站着，望着他，好似要

刹那一光年

望穿秋水。心，却迷乱了，她是多么依恋他的英武他的温柔他的迁就，可是她知道，一切都化为泡影了。诺儿本来已经准备好面对她的愤怒悲伤甚至已经准备好面对她的剑。可是晓月这样出乎意料的反应让他彻底地崩溃了。他闭上眼睛，滚下一滴泪。他最后看到了她，心满意足了，一切都该结束了。正当他举起手准备拔剑自刎的时候，晓月的声音像是从很远的地方传来，让人有种恍如梦境的错觉。她说，你走吧。诺儿低着头问，为什么？这时候晓月哭了，她说，你知道我为什么而来吗？为了你。直到今天我才明白你教我念的那些诗的含义，在见不到你的日子里，我才知道，原来我已经离不开你——这不是玩伴的问题。所以我来找父王，来找他把你要回来。我想，一直以来你都很拘谨，如果你害怕我的身份地位，我可以跟你走，走到天涯海角都无所谓。可是现在我也明白你为什么会放弃我了。的确，你是对的，我们之间是不可能的。你为了你的抱负，可以不惜一切。原来以前的那些快乐时光都是假的！假的！我恨你恨你恨你！但是，要他们把你抓起来，当刺客处治，我做不到。所以，请你走。从此以后，我再也不要见到你！

听完晓月声嘶力竭地说出最后一句话，诺儿终于抬起头，他不顾一切地跑过去，抱住晓月说，不是假的。我爱你！真的爱你！你仍然可以跟我走，什么抱负什么志向我都不要了，我只要你。晓月挣开他的怀抱，平静地说，太晚了，如果父王有个三长两短，我绝对不能跟着我的杀父仇人走。说完她头也不回地走了。

所有的侍卫也都退下了，大殿之中只有诺儿一个人，诺儿看着晓月离去的背影，泪流满面，后悔莫及。那一刻，甚至连爹娘都被他抛在脑后，晓月就是全世界。

※　※　※

范雎知道了这件事，仰天长啸，苍天啊，我终日担心的事情终于发生了。我果然要成为秦国的千古罪人了么？不过丞相毕竟是丞相，他立即意识到让公主就这样放走一个危险的刺客实在太荒唐了。也不知道诺儿逃得多远了，于是便下令让手下带兵迅速出城往东南西北四个方向去追。自己则进宫看望王的伤势。

王躺着，脸色苍白。因为那刀并没有刺中要害，只是失血过多，人很虚弱。恍惚中看到范雎来了，就挥挥手，示意赐坐。范雎一副心急如焚的样子，问到，大王感觉怎么样了？太医说无大碍，那臣就放心了。王紧锁着眉，嘴里喃喃地念叨，为什么，为什么……范雎听了也一样心如刀绞，现在在他眼前的不是往日君临天下气壮山河的王了，而是一个遭遇背叛，身心都受了重伤的长者，他的心伤，谁都看得出来，谁都会受之感染。

快让开，别都堵在门口，让我进去，我要看父王。是晓月的声音，她风风火火地跑到王的床边坐下，说，父王您没事儿吧？吓死晓月啦。

王伸出无力的手，抚摸着晓月的头发，说，没事没事，你父王命大得很呢。

刹那一光年

晓月撒娇地说，那就好了。父王，我告诉您一件事情您不要生气，好不好？

王的目光无限地慈爱，问道，哦？什么事儿啊？晓月什么时候学会这样乖巧地跟父王讲话啦？

晓月还是支支吾吾地开不了口。范雎略带生气地插嘴，公主，让臣代替您说吧。大王，公主私自把犯人陈诺给放跑了。

王很惊讶地转头看晓月，晓月不好意思地点点头。

王叹了一口气，说，唉，从寡人第一眼看到他，就很喜欢他，觉得这个年轻人不错，渐渐又发现他很有才华，晓月你又要他陪你读书，其实本来寡人已经几乎把他当作自己的女婿来看啦。可是现在……说起来也奇怪，他企图刺杀寡人，寡人对他却恨不起来，现在心里只有伤心，是他辜负了寡人的一片信任啊。晓月，算了，你放走了他就放走了吧，我也不想追究此事了，只盼他今后不要卷土重来。

范雎听到王的话，顿时慌了，急忙说，可是大王，臣已经派人向四面八方去追了。

晓月站起来说，丞相，你……

王咳嗽了两下，晓月闭了嘴。王说，追得回来就追，追不回来就算了。

晓月急了，那，追回来的话，父王要怎么样呢？

好啊，你对要杀你父王的刺客还这么关心？

这个……

不要解释了，寡人知道。这样吧，看在我们晓月的面子上，如果追回来的话，就叫他继续做他的御使。寡人也是真心实意地希望他能回来辅佐寡人哪。

晓月正要欢呼父王的英明，范雎却忧心忡忡地说，只怕，他未必愿意。

王也想到了这点，叹了口气说，是啊，那依丞相看——

臣以为，如果他不愿意在秦国做官，大王就不能放他走了。文韬武略都如此优秀的年轻人，当今世上真的很罕见。放走了他让他去为别的国家效力，岂不是等于放走了一只老虎等着他来咬我们吗？

难道杀了他吗？

这倒不必，只要将他关在牢里好酒好饭地供着，他终有想明白的一天。

只怕他这一辈子都想不明白啊。

那也只能一辈子蹲在牢里的命，大王已经对他仁至义尽了。

不行！晓月发话了，一辈子呆在牢里，岂不是生不如死，牢里怎么能住人啊，我不同意。

那晓月公主说怎么处置吧。

父王，就让我带他到山水之间过逍遥自在的田园生活吧，我保证不让他干扰任何国家的朝政，如果父王偶尔有用得上他的地方，派人来告诉我们，我自会有办法让他来为父王效劳。偶尔嘛，他应该会同意的吧。

让寡人把女儿交给他？这怎么行？

刹那一光年

父王!

哼! 真的到了那种呼天天不应叫地地不灵的山沟沟里,你悔之晚矣啊。

不会。还有诺儿哥哥, 啊, 不, 陈、陈刺客了嘛。

大王, 臣看此计可行。可以派高手暗中保护他们, 时刻给您传达公主的消息。

那, 好吧好吧。晓月啊, 他要是敢欺负你, 随时回来告诉父王, 知道吗?

晓月知道。谢父王。嘻嘻!

看把这丫头高兴的, 有了情郎忘了父王。此时王微微翻了个身, 引来伤口一阵疼痛, 情不自禁地发出几声呻吟。晓月下意识用手去抚慰父王的伤口, 却惹得王又一阵呻吟, 伤口反而更疼了。晓月不知所措, 范睢眼中闪着些许怨恨。

诺儿此时正在自己的家里喝闷酒, 根本不管城外到处都是追捕他的官兵。范睢更没有想到, 诺儿犯了弑君大罪还敢悠闲自得地回家喝酒。其实悠闲自得只是在外人看来, 诺儿的感觉, 就是四个字——水深火热。烈酒下肚, 将他心中的悔恨、伤心、无奈通通烧起来。天晓得, 为什么要让晓月告诉他那些话, 为什么要让他知道, 其实她也爱着他, 为什么要让他知道, 只差一点点, 心爱的人就能随他而去。这美好的一切, 都是被他自己一手毁掉的。如果早一刻让诺儿知道这些,他绝对绝对不会下手。忠义与幸福，战争与和平，当他周旋在其中苦不堪言的时候，是以为得不到佳人的心，才会故意寻死，而寻死的同时就是成全了忠义。刺王是为了消灭战争，赢得赵国与其他诸侯国的和平生息，而刺王的本身又是彻头彻尾的战争行为。两者都仅差一步之遥，本来近在咫尺，现在却已经远隔天涯。他一无所有，他失败透顶，他悔不当初，他拼命喝酒。酒入愁肠，化作相思泪，一事无成心空碎，叫人焉能不伤悲。

今后将何去何从，诺儿再度陷入迷茫。再想去刺王恐怕比登天还难，除非他会易容术，不然大家都认得他。想得到晓月的原谅，也没什么指望，他已经放弃了她，何况又是要杀她父王的坏人。诺儿想起了爹娘，是该回去的时候了，他要回到爹娘的坟前，自刎以谢天下。天下之大，没有一个他对得起的人。如今，想来想去惟有一死来洗刷所有的罪孽了。喝尽这盅酒，诺儿就要动身回赵国了，他想起爹的那句话，死也要死在自己的国土上。这句话，廉颇也讲过。他要尽快回赵国赴死，如果被秦国的官兵抓到，就回不去了。

想到这里，他才开始觉得奇怪，他喝了一天的酒，怎么没有人来抓他呢？连官兵的影子都见不着，实在是太不寻常了。沉稳老练的范雎会容晓月这样放过自己吗？他不是那种为了保身就失去理智的人，何况他一定知道，在这件事情上违背公主是不会被治罪的。这就奇怪了，难道他是顾念往事？也不像。那么，范雎究竟是怎么了？想不通，实在是想不通。难道是晓月？不会，她已经气极了失望极了伤心极了，

刹那一光年

不会了。不过，还是该去跟她道个别，不管用什么方式什么途径，毕竟，是她给了诺儿回乡的机会。毕竟，一起度过了很多快乐的日子。毕竟，他爱她。

22

诺儿决定，等到天黑，溜进宫去。现在宫中的高手都云集到王那里去加强保护，晓月住的地方应该不会有太多的侍卫，如果被发现了，就打进去，说声珍重就可以，反正她也不会听他说很多。

月黑风高。诺儿骑着一匹高头大马，出了家门。回头看看，这是在秦国的家，没想到要离开的时候也会有同样的依依不舍。其实他就是典型的处处无家处处家，这里也曾经是他的家，他在里面躲避风雨，思索，忧郁，暗自甜蜜，暗自神伤。诺儿发现自己假戏真做已经陷得太深了，爱上晓月，不忍杀秦王，直到现在留恋秦国的土地。他开始怀疑是否每个人都一定要为自己的国家卖命，如果这个国家真的是无药可救了呢，何不换一个国君将它治理得国泰民安？是应该忠于一片土地，还是应该忠于一个姓氏的君王？如果忠于一片土地，那么引导它走向富强才是最好的办法。其实世界上为什么要有战争呢？如果大家和平共处多好，全部的人都男耕女织，安居乐业，子孙绕膝，享受天伦之乐……诺儿觉得自己一定是醉了。

在一棵树上拴好了马，诺儿翻过宫墙。宫中的路他再熟悉不过，在黑夜中丝毫不影响他来去如电的速度。不一会儿他到了公主卧室的门口。周围竟然也没有什么护卫，只大门口站了两个昏昏欲睡东倒西歪的小侍。想来公主没有什么仇家，没有人要加害于他，也没有人忍心。诺儿提起手想推门进去，手在空中定格了半天，还是垂了下去，他还是和当初一样，面对公主的时候，平日里的胆识全都无影无踪。

突然，门被拉开了，公主出现在诺儿的面前。当然，他也同时出现在她的面前。他很惊讶，但毕竟沉稳，能随机应变，立即上前去捂住晓月的嘴巴，果然晓月比他更惊讶，挣扎着要喊出声来。诺儿没有办法，只好把她搂到自己的怀里，劫持一样地将晓月抱回屋子，关上门，这才放开她。晓月像一头受惊的小鹿，能感觉到她心跳得很快，脸蛋红扑扑的，一如当年在学步桥上撞见后的样子。

你、你怎么在这里？

我来跟你道别。我要走了，回赵国去。

啊？！不行，你不能回去。你听我说，父王已经答应了让我和你远走高飞了。

什么？诺儿不敢相信自己的耳朵，也听不明白。

就是说，你带着我到远远的地方去隐居起来，我们过平民百姓一样的生活。如果哪一次父王需要你，一定要用到你，你就回来一下。

刹那一光年

还要让我为秦王做事？这不可能。我已经背叛了我的国家两次了，两次刺杀没有成功，都是明明有机会，而下不了手，这就非常不忠不义了，还要我再……

就偶尔回来帮父王做点事嘛，不会一直找你的。就当是为了我啊。再说，我父王还不一定用得上你咧，朝中又不是就你一个人。

诺儿突然想起白天在家里后悔莫及的心情，决不能再失去晓月一次。可是当真的要舍弃忠义的时候，他又犹豫了。一个男子真的可以为了一个女子放弃这些吗？值得吗？当世有多少侠士为了这两个字不惜自己甚至全家人的性命，舍生取义，慷慨求死，为的就是不背叛。他不知道多年以后有吴三桂冲冠一怒为红颜，如果他知道，一定不会在那晚再一次与幸福失之交臂。他说，先不要说这个了，你这么晚了不睡觉要出去呀？

不是，我半夜醒来后就睡不着了，我想你，所以到外面走走。你倒好，还是满脑子你的大男子责任！莫名其妙。你自己说过的话，也可以反悔，你说你都不要了，全都不要了，只要带我走。现在呢？还不是照样。晓月听到几千年以后的歌声绵绵传来，你英雄好汉需要抱负，可你欠我幸福，拿什么来弥补，难道爱比恨更难宽恕？

如是，我闻，爱本是恨的来处。胡汉不归路，一个输，一个苦。宁愿你恨得糊涂，中了爱的迷毒，一面满足一面残酷。

诺儿迷茫了，难道爱比恨更难宽恕，难道爱比恨更难宽恕……他觉得头痛，于是他自己也不知道自己在说什么，他说，我不能。我不会再回到这里来，对不起，我有我的责任。他转身出门。

晓月在沉沉夜色中凄厉地喊，你走啊，你走。走了就永远不要再回来！我再也不理你。

她泪眼迷朦地倚在门边看着诺儿的背影越变越小，然后消失。终于跌坐在门槛上，痛哭流涕。她不明白。

诺儿想到一首诗，世界上最遥远的距离，不是生与死，而是我就站在你面前，你却不知道我爱你。世界上最遥远的距离，不是我就站在你面前，你却不知道我爱你，而是明明知道彼此相爱，却不能够在一起。世界上最遥远的距离，不是明明知道彼此相爱，却不能够在一起，而是明明无法抵挡这一股气息，却还得装作毫不在意。世界上最遥远的距离，不是明明无法抵挡这一股气息，却还得装作毫不在意，而是用自己冷漠的心，对爱你的人筑起一道鸿沟。公主，这些都不是我的本意，原谅我，

忘了我，我配不上你，配不上。

※ ※ ※

哼！这个陈诺，气死寡人了，敬酒不吃吃罚酒，这样欺负寡人的女儿，好像晓月嫁不出去似的。王一拍桌子，吼，给寡人把他捉回来，记住，要活的。

是。

诺儿此时已经逃入了赵国的境地，跑了几天几夜，伤心了几天几夜，心力交瘁。前面是一片泥泞的草地，马过不去。于是他下了马，摸摸马儿的脸，在马臀上拍了两下，马就掉头走了，从此它可以去寻找属于它的自由自在的生活。诺儿跌跌撞撞地往前走，到最后是爬。好久好久以后，饥寒交迫的诺儿抬起头，只见到爹娘的坟赫然在眼前。他放声痛哭，哭声似乎可以使地动、使山摇，惊天动地。

他哭累了。此时他想到的是，只有一剑，他就可以和爹娘相会了，不知道该用什么心情来面对。但是，他的确等得不耐烦了，急不可待地拔出剑，预备完成他跋涉千里来这里的目的。

突然身后一片喧哗，是他，就是他，上！诺儿想，一定是追兵到了，不碍事的，谁也阻止不了他的死。剑越发逼近了脖颈……

你们看，他这是要自杀。大王说了，要捉活的，不能让他死。

快，快！

顿时士兵们一涌而上，有的竟然踏在爹娘的坟上。诺儿愤怒了，剑从脖颈上拿下，自如地在他的手中舞动，轻盈地挑开周围的人，他怒吼，这里也是你们可以踩的么？给我滚——远——点——但是一拨拨的人被打倒，又有更多的人向这里涌来，如潮水的气势般不可阻挡。渐渐地诺儿所在的中心圈越缩越小，直到最后，他终究还是束手就擒了，在这中间，他好几次试图挥剑自刎，却都没有成功。

这一大早在宫中，却来了一位不速之客——一位楚国的使者。王正与这位使者谈论事情，却见王的脸色突然变得很难看，而离他们比较近的范雎也显出大为震惊的表情。

请您一定答应我楚王的这个请求，楚王说，答应以后，秦楚两国之间，一切都好商量。

王说，这件事情还容寡人再考虑考虑，毕竟是件大事。请你先到驿馆休息，我们改日再谈。

使者走后，王立即将范雎叫到跟前细细讨论。

大王，臣以为，此事可行。

怎么说？

大王想，假如公主不嫁到楚国去，难免从此两国不和，楚国也许还会出招刁难。真的双方交战若非有一个十分出色的将领，不然两国实力相当，必会两败俱伤。但是如果嫁过去了，一来能稳定两国的友好，二

刹那一光年

来气气那陈诺，让他看到自己作出的选择是多么错误。大王再换一个角度来想，楚国乃当今的强国之一，而且地势比我秦国要好，那里是鱼米之乡，小桥流水，公主一定喜欢，公主是去做太子妃，也一样高贵富裕。何乐不为呢？

王似乎心中总觉得不妥，嘴上却说不出个理由，于是无奈地点点头说，好吧好吧，只能这样了。范雎看到了一个可怜的父亲，可是他也无奈，楚国不是好惹的。

什么？叫我去嫁给楚国的太子？晓月听到这个消息简直五雷轰顶。她转身就走，慌了来报信的太监，公主哪里去？

我去找我父王。

不行啊，大王在早朝，公主，公主！

父王，父王！

干什么，气冲冲的一副兴师问罪的样子，谁得罪你了？有什么事等寡人早朝结束了再说，你冲到这里来成何体统。

哼！父王都要把我嫁到楚国去了，还有什么体统不体统的，怕是以后再也见不到父王了。

唉，你知道啦，这个，寡人也不愿意啊。

不愿意还要把我嫁过去！父王不要晓月了吗？

不是的，你听寡人说……

我不听不听不听。

王叹了口气，摇摇头。

范雎跪下说，公主，您的出嫁是为秦国做出牺牲，是为了国泰民安，请公主务必以江山为重。

国泰民安，是需要我一个小女子去牺牲的吗？为什么你们那么多大男人独独要牺牲我？平日里说什么赴汤蹈火原来都是假的，你们就不能带兵打下楚国吗？

王从宝座上站起来，摊开双手问，哪位爱卿愿意领兵攻打楚国？

没有声音。

没有声音。

没有声音。

王的问话在空气中的回响异常空旷无助。

臣恳求公主，三思！说着范雎磕下头去。殿里群臣跟着都跪了下去，叫道，请公主以秦国江山为重，公主三思……

晓月一个人呆呆地站在空旷的大殿之上，身后跪着一大片的文武百官，她直视着前方，从她的眼中捕捉不到一丝能表达此刻心情的痕迹，她的眼泪却还是不由自主地往下落，她喃喃地说，很好，你有你的责任，现在我也有我的责任了。突然，她声嘶力竭地喊，好！我——去——

王瞪大了眼睛，晓月，你……

范雎欣喜地拜下去，拥有这样的公主乃万民之福！臣祝公主永远幸福安康。

刹那一光年

众臣拜，公主英明！

随后再也没有人说话，晓月接受着大臣们无关痛痒毫无真情的赞赏，单薄的身影显得异常无辜。谁看到她的样子都会心疼。大家默默无语，大殿上出奇地寂静。王无力地说了一句，退朝。

几天以后。

哎，没想到晓月公主会嫁到楚国去。

其实楚国也挺不错的，听我兄长说，楚国是一个很富有诗情画意的国家，正配晓月公主这样的绝代佳人啊。

可是公主很不愿意啊。

那还用说，当然是不想离开家乡咯。

听说那时候大王在殿上问，有哪位将军愿意领兵攻打楚国，没有人吱声儿呢。

都传说晓月公主长得如同嫦娥下凡，如果有幸一见，真是三生修来的福气呢。

是啊。哎，听说我们牢里现在关的这个人犯，就是不要晓月公主得罪了大王的。

不会吧？世界上有那么傻的人么？我不信。

……

23

　　诺儿窝在一堆杂草中，听到了两个狱卒的谈话，心痛地缩在墙角捂住耳朵。他想，晓月要嫁到楚国去，是真的吗？天哪，你究竟怎么了，让我们相爱却不给我们幸福。如果爱要粉身碎骨，何不全部由我背负。不过，我还有什么权力关心她呢？狱卒说得对，我是个傻子。是我亲自选择了放弃，是我自己的选择。我知道，选择了就不应该后悔，可是我没有办法，任我再不承认也好，我的确是又一次陷入了深深的后悔里。现在，不管了不管了，我要拼尽一切的办法从这里出去，救出晓月，和她远走高飞。就算是背上千古的骂名，我也在所不惜。爱胜在付出，痛也要痛得刻骨，不到最后我决不退出。我感觉得到，在心里，燃烧着一团火，浑身上下有一股冲动的血性，为了晓月，给我全世界我都不要，我只要她，只要她。诺儿对自己说，是了，这才是真正的陈诺，这才是啊。

　　于是他发疯似地吼叫，刚才在聊天的两个狱卒懒洋洋地跑过来问，小子，你叫什么叫，午饭时间还没到呢。

　　我要出去！

　　说疯话呢不是？

　　两位官爷，你们靠近些，我跟你们说个秘密，我保管你们会放我出

刹那一光年

去。放我出去之后，我一定再重重酬谢二位。

是吗？什么呀。诺儿看到两个人的眼睛里立时泛出贪婪的光芒。

再走近点儿啊，让别人听去了可不好。

好好好。

诱惑趋使两个人毫无防备之心，将身体紧贴着牢笼的栅栏。诺儿当机立断透过栅栏的空隙一拳一个把他们打昏，手恰好够得着狱卒腰间挂的钥匙。他把门打开，跑了出去。

他一路打倒宫里的侍卫，蓬头垢面地冲进大殿，众臣都吓了一跳，王也吓了一跳，只范雎悄悄地点头，心想，他果然来了。诺儿跑到王的面前就说，大王，公主呢，公主不用出嫁了，臣愿意带兵伐楚。王皱着眉，吼道，放肆，你是何人？怎么手上带着镣铐身上穿着囚衣还居然可以到寡人面前如此喧哗，胡言乱语。诺儿擦擦脸，说，大王，我是陈诺啊。罪臣是打昏了狱卒逃出来的，只求最后见公主一面，请她不要嫁到楚国，臣要带兵踏平楚国的都城。王说，哦，陈御使。怎么，想通了？已经晚啦。晓月她昨天就已经起程了。寡人又何尝不想长留她于身边呢？诺儿说，那就请大王准臣领军出发吧。王的脸上露出一丝期盼，怎么？你愿意去打仗吗？那可是个强敌呀，楚国近年来南征北战，士兵个个勇猛，只怕卿要一去不回了呀。诺儿说，大王不怕损兵折将，臣哪有害怕牺牲生命的道理。王说，好，好。我准你戴罪立功。诺儿说，谢大王。他心想，晓月，你等着，我来了，这一次，我们再也不要分开，生生世世。

其实这些日子以来我也发了很多消息给沫儿，问问冷暖，问问他们在哪里，问问是不是还可以做普通朋友。只是从来得不到回复。这个周自恒真是厉害，他出现了才多久，就能让沫儿如此绝情。她以前不是这样的，也许爱情会使人改变。我不再去想了，彻底地死心，对谁都好。我也给彩彩发过消息，她说她也和他们失去联系了，心急如焚，不知道表哥要怎么样。她将校园里的事情讲给我听，给我解闷，可是越解越闷，她讲的事情越是好玩我就越是怀念从前，也怀念和沫儿一起的日子。三年的同学，三年的感情，就如水晶，美丽却脆弱，一击就碎，怎么会是这样，一开始我还不相信，现在，却慢慢地接受现实了。

※ ※ ※

马不停蹄地昼夜赶路，很快追上了晓月的送亲队伍。红色的车队红色的仪仗队红衣的随从，诺儿想像着车里的新娘。晓月，你在里面干什么呢？你也这样的思念着我吗？如果我出现在你的面前，你会不会不理我？会不会不要我？晓月，我已经到你的身边了，你感觉到了吗？

于是诺儿下令放慢行军步伐，跟在送亲队伍的后面，自己则单身一个人骑马追赶那辆红得最鲜艳的马车。想到马上可以和晓月相见，他又是担心又是期待，一路上都忐忑不安。终于到了，车外的随从有认得他的，就诧异地说了一句，陈御使，您不是……诺儿拿出将军令牌给他看，说，叫他们停车。

刹那一光年

停——车——

晓月的声音从车里传出来，怎么了？

那真是全世界最让人怦然心动的声音，他兴奋地热血沸腾，把车帘拉开，说，晓月，是我。

诺儿哥哥！晓月被这突如其来的惊喜击得乱了方寸，忘记了曾经告诉过自己再也不要理睬诺儿的话语，忘记了那晚他头也不回地离去给自己带来的痛苦，忘记了为和他赌气答应嫁到楚国这一路上的艰辛悲苦与思念。所有的这些她都抛在脑后，这个时刻，她的眼中只有他，只有他。他们忘情地抱在一起，清晰地感觉得到心里装着满满的幸福，晓月在他的怀里哇哇大哭，念叨着诺儿哥哥，诺儿哥哥……

不知道过了多久，仿佛时间都凝固了。当晓月清醒过来，恢复理智的时候，她推开他，竭力地冷漠地说，你不是为了你的国家为了你的抱负永远都不要见我了吗？咦？对了，陈大御使果然神通广大，竟然被放出来了？现在也许不是御使了吧，我要怎么称呼？

晓月，你听我说……

再怎么样我也是公主吧，你怎么这样跟我说话？等我到了楚国嫁了人，看你还敢不敢直呼我的名字。

好，公主。您听臣说，臣是奉旨来接公主回去的。

哼！别编了。本公主是父王称霸天下计划中的一步棋子，特地千里迢迢地嫁到楚国去增进两国友谊。一代胸怀大志的君王怎么会舍大取小，顾及我这个小女子呢。

你不要这样说大王，他是真心想你回去的。

陈大人若没有什么事情的话，请让开。本公主还要急着赶路呢，这国家的事情一分一秒也不能耽误的。你说你身上背负着责任，而现在我终于感同身受了，因为我也有了我的责任，我必须为了它放弃我的幸福。

晓月，别闹了！诺儿的语气温柔得如一潭春水，晓月不说话了，只站着，看着诺儿，像一只乖乖的小兔，让人倍生怜爱。诺儿把她揽到怀里，说，乖，晓月，听话，我是你父王派来带你回去的，我带了军队，我们和楚国一决到底。晓月不再挣脱，身子软软地靠在诺儿的胸膛，说，那些大臣都同意了吗？诺儿用讲故事哄小孩儿睡觉的语气说，范雎没有出言反对，大家也都没有说话。晓月温顺地点点头，说，这样真好。突然，她又想起了什么，直起身子点点诺儿的鼻子说，你真狠心，真是太坏了，那天晚上你头也不回……诺儿把食指抵在她的嘴唇上，轻轻地说，以前的事，不提了好不好？从今天起，我给你一个承诺，我们永远不要再分开了。晓月调皮地转头看他，你说的是哪个陈诺？诺儿低头轻吻晓月的额头，两个都给你，陈诺许下的承诺，和遵守承诺的陈诺。晓月嘻嘻地笑，我都被你弄糊涂啦。

明朗的夜空里，月儿静静地笑着。

※ ※ ※

夜深了，一旁的晓月已经睡得很熟了，脸上带着甜甜的微笑，嘴里说着含糊不清的梦话。诺儿想着，其实这次的行为也是出于冲动，他并不想打什么仗，甚至，一个人都不想杀。但是为了晓月，很无奈。要让楚王知道公主到了半路又返回，一定非常恼火，在城里摩拳擦掌地等着他的大军到来。楚国本来就不是好对付的，如果不开杀戒，恐怕是难上加难。算了，反正救出晓月就好。打仗不杀人，比日出西山还不可能，只能尽力而为了。

将士们听令，前面就是楚国的境地。敌人不来找，我们自己不要寻衅滋事。打仗的时候尽量少杀人，不许强抢民宅，不能掠夺民女。攻下城池即可。违者，军法处置！听明白没有？

是！

大军黑压压地压上了楚国的边境，诺儿派了使者去问，楚国是执意要一个公主，还是要双方兵戎相见。结果楚国果然出动了军队。诺儿心里明白，这不是公主不公主的问题，楚王是为国家的尊严和威信而战。他们的兴趣不在公主，而在试探公主背后的秦国究竟有多强大。所以晓月暂时没有危险，当然也不能排除被捉去当人质的可能，不过这是要等楚国陷入险境以后的事了。他思忖着，自己的军队处于劣势，长途跋涉来此，后援粮草很容易被敌人中途斩断，以致供应不足，而敌人却尽可以躲在城里和自己周旋。

果然，当苦战了三天，双方谁也没有占到丝毫便宜。诺儿将晓月带在身边，让士兵们一路扔些物件佯装是粮草不济仓皇逃离，并放出风声去，说秦国运粮草的车队半路遇到一群恶狼，损伤惨重。他带领军队埋伏在附近的山上，当楚军听到这个消息，欢呼声地动山摇，大家都说秦国也不过如此，打败了这个强敌，楚国就是当今世上最强大的国家了，说得秦军将士都跃跃欲试地杀出去。楚军在城里憋了三天，早就想出去溜溜，士兵们纷纷出城。诺儿在山上看得一清二楚，等到楚军的主力都出城来欢庆了，一声号令杀下山去。

这场战役的结果秦军大破楚军，军队和送亲队伍都凯旋而归。诺儿和晓月坐在马车里，晓月一路上都谈天说笑快活得很，诺儿却又积了一腹心事。他不忍心告诉晓月来破坏她的欢乐，也不能告诉她。因为，还是那件晓月最恨的事。他也不愿意想，可是思绪乱飞总是不由自主。当诺儿骑着战马驰骋在战场，看到慌了阵脚的士兵，看到他们死前眼中的怨恨和留恋，看到鲜血染红他们的衣襟，他想到，他们家里也一定有等着儿子归来的年迈爹娘，也有夜夜以泪洗面独守空房的痴情娘子。过尽千帆皆不是，斜晖脉脉会悠悠。这些人的生死离别，都是自己造成的。本来，现在他们已经可以在家里合家团聚，大家围着一个桌子吃饭，炊烟袅袅，而如今却战骨埋荒外。诺儿抬头对着苍天轻轻地说，我是多么不愿意这样的，可是，谁造成的？脑海里跳出一个人，王。不，也许根本不该这么叫，他不是自己的王，赵王才是。可是，属于自己的王，长得什么样子，是什么样的人，他都一无所知。赵王和秦王，也可以说是生父和养父的关系，实际上，养父的恩更大于生父。可是，这个养父，是个吃人的养父。自己心怀感激，他却一再地东征西讨，天底下，有多

刹那一光年

少的家庭被他摧毁，不计其数啊，想到这个词诺儿不禁战栗了。他是魔鬼！！！诺儿再一次想起那个清晨爹娘自杀的样子，想起街上送葬队伍凄厉的哭声，想起家家户户披麻带孝一整条街弥漫着死亡的悲凉……他是魔鬼！！！秦昭王他真的是个魔鬼。诺儿想着想着，心里刺王的决心又坚定起来了。是，他当初只答应永远不跟晓月分开，却从没许下过关于放弃刺王的诺言。

父王，晓月想死你了！这才发现闹够了的晓月已经睡着了并说着梦话。熟睡的她那么动人。

※ ※ ※

秦，大殿。

陈卿，你果然不负寡人的重望，把晓月给我带了回来。丞相把战况给寡人解说了一遍，陈卿用兵如神，寡人喜欢。

大王过奖了。

陈卿，如果寡人愿意不记前嫌再度重用你，陈卿能否也不记前嫌呢？

不敢。大王于臣有大恩，大王有令，臣不敢不从。

好，好！哈哈哈哈哈哈……今天晚上设宴为陈卿和我的晓月接风。

谢大王。

　　眼下又是个绝妙的机会，王和丞相都对诺儿非常地信任，用晚宴的时候可以趁其不备下手。可是晚宴的时候晓月在场，他实在不想再看到她那种绝望的满是忧郁的目光。不去管那么多了，死都不怕，还怕什么。只是晓月，对不起了。诺儿走后，你多保重，至少曾经拥有，就够我回忆永远了。即使来世，再来世，我都会去寻觅你的踪影。诺儿的脑海里，浮现出晓月纯净美丽的脸，他陶醉了……

　　御使，该进宫去参加晚宴了。仆人的提醒打破了诺儿与晓月最后的一次缠绵。

　　诺儿站起身，沉着地把浸过毒药的比首放进衣袖里，对自己说，这是第三次，也绝对是最后一次。

刹那一光年

24

　　陈爱卿，你来啦，坐，坐。今天寡人和你们不分尊贵，一醉方休，怎么样？

　　大王，让臣先敬您一杯如何？

　　好，好。

　　请容臣到大王面前干了此杯。

　　好，来。

　　范雎敏锐的眼睛又捕捉到了猎物，他看到诺儿袖口里藏的银光闪闪的匕首，心一沉，正要起身提醒，王说，丞相，来，一起喝嘛。寡人今天高兴，干！

　　范雎起身，也走到王的身边，举起酒杯对王躬了躬身子，却狠狠地撞了身边的诺儿一下。诺儿正伸手去摸匕首，被范雎撞了一下顿觉被发现了。范雎没想到这一举动却加速了他的行刺。诺儿不顾一切地试图把刀往王身上捅，范雎想上前阻止，却被诺儿伸脚绊在了地上。于是王的周围一片混乱，而王已经醉得迷迷糊糊，并没有意识到身边的变化。他口齿不清地笑范雎，哎呀，哈哈，丞相，你怎么摔了一跤，哈哈。范雎心中有气，心想我是在保你的命，你还笑我，哼。不过毕竟王的性命要紧，他很快调整了心态全力以赴阻止诺儿的行为，他抓住诺儿的手臂然后扯开嗓子喊，来人哪，有刺客！

诺儿根本不会等到人来，他的手臂像一条狡猾的蛇，灵巧地从范睢手中游走。手中明晃晃的匕首就向王飞过去，在空中划出一道弧线，数秒后到达了它的终点，刺中了！

刹那间，诺儿感觉到匕首的那端进入一个热血汹涌的胸膛，像是回到了离开多年的家，他如释重负，然而只是一晃而过。随即袭来更多的失落，更多的愧疚，更多的悔恨。

啊——

晓月！

公主！

这三个声音在诺儿的头顶上爆炸。第一个是晓月撕心裂肺的惨叫，第二个是王撕心裂肺的呼唤，第三个是范睢撕心裂肺的痛惜。

诺儿猛地抬起头，不敢相信地顺着自己手中匕首的方向看去。那端，鲜血在鲜绿的衣服上绽开了一朵鲜红色的鲜花，那张脸，惨白的脸，对比太大，诺儿感觉到一阵眩晕，心碎，崩溃。他发疯似地冲过重重的侍卫，抱住晓月，哭喊着，晓月，月儿，你为什么，为什么，你怎么可以……晓月无力地笑笑，眼睛里荡漾着无尽的忧郁。诺儿觉得这是她一生中最美最美的笑容。她说，我就知道，就知道，你、你根本就不死心。我、我恨，为什么，你是赵国人，而我却是秦国的公主。我恨，为、为什么是我父王杀了赵国40万勇士，是我父王逼死你的爹娘。我恨，为什么要打仗，都是一样的人，为什么要有国别之分，为什么要、要争霸天下……

刹那一光年

诺儿泣不成声，对不起，对不起，我……晓月摇摇头，不要说对不起，是我父王对不起你。我知道，我父王对不起太多的人，可、可是，可是，他是我的父王，我爱他……诺儿说，我知道，我知道。晓月说，诺儿哥哥，你、你解气了，不要再跟、跟父王过不去了，好不好？诺儿拼命地摇头，不，不要，我不要你死。晓月说，你答应我，我才、才安心啊。诺儿说，晓月，记得吗？我给过你承诺，生生世世不再分开。你放心，我不会违背了誓言，我永远都和你一起。

说完，他起身，抽出身边一个侍卫的长剑，将它横在自己的颈边。深深地看一眼晓月，深深记住她的样子，来世好再去找她。他突然想起爹的话，死也要死在自己的国土上。他仰头默默地说，对不起，爹，诺儿做不到了。但是，请相信我的灵魂会飞回赵国，飞回家乡。等我们在阴间见了面，诺儿再跟您解释。然后诺儿从容地闭上眼，像拉二胡一样轻轻把剑往后一抽，鲜血泉涌而出，随即倒在了地上，倒在晓月的旁边。

晓月看着他倒下，流泪了，说，你，诺儿哥哥，你这是何苦呢，不值得……诺儿气若游丝，挤出个微笑，不，值得的。来世，我还来找你，等我，等我……晓月背过脸去哭，但愿来世没有战争，没有仇恨，没有……诺儿拼尽最后的力气，点点头，一定，一定，没有战争，没有仇恨……

两个人同时断了气，顿时哭声震天动地。

诺儿的灵魂飞到九天之外，隐约听到娘的哭泣，她说，好孩子，爹娘并没有要你担负这么重的责任，爹娘只要你平安快乐，你为什么那么傻……

我像是受到了电击，终于想起了这一段，也终于明白，为什么那天在从目木回来的飞机上做梦会心口那么疼，为什么自从那天惊醒后就再也没有梦见诺儿。还有，晓月临死前的那个眼神，和沫儿很像。真没有想到，战争，国界，就如此轻而易举地将一对人拆散。而今这些都不是问题了，如果两个人相爱，就应该可以在一起，怕就怕，没有感情。唉——

你是叫陈诺吗？一个穿警服带着大盖帽的人拍拍我。

我看了看，来的一共四五个，其中有一个拿着手铐。于是，我明白了。

刹那一光年

是。

我们是警察。说着他出示证件，证件上的照片很难看。

好的。我说。

警察们很诡异，不过动作还是很快，把我拷起来，押进了警车。

我将找回的宝剑交给警察。在公安局，我见到了周自恒，他邪邪地看着我，笑。沫儿不在他身旁。一种不详的感觉立即生出。我问，沫儿呢？你们两个不是在一起吗？你又怎么会在这里？我看着他的眼睛，想尽快研究出一些讯息，哪怕快一秒也好。他的眼睛里布满了血丝，有一点疲惫，更多的却是仇恨，是丧心病狂。我怕了。他狰狞地笑，又睁大他恐怖的眼睛，说，她死了。她宁愿死，也不要我。周自恒冲上来拉住我的衣领，说，为什么？为什么？我冷笑着说，这是爱。她不爱你，你又何必强求呢？可是，现在我已经没有心情跟周自恒计较这些成败得失，重要的是，沫儿怎么会死了。我拼命地装冷静，问他，你说，沫儿不是和你相爱的吗？怎么会死了？你没有保护好她对不对？他说，不，如果我有机会，我一定会比你爱护她。没有保护好她的人，是你。我用向公安局告发你来威胁她，于是她说了那些话，把你气走。可是你还是那么不相信她，你就这样走了。那天晚上我要跟她上床她不肯，我就来硬的，她就自杀了。周自恒淡淡地描述，我却能想像得出当时的情景。

你跟了我，保证陈诺那小子没事。

我不是已经……你还想怎么样？

我要你彻底地属于我，一辈子不得不在我身边。

你休想！！

哼！现在你叫天皇老子也没用了。

不，不要！求你了，我求求你。救命啊——啊——不要——

现在知道求我了，你不是从来都很冷的吗？可惜啊，太迟了，今天晚上我要定了你。

你既然喜欢我，就应该尊重我。

可是，你尊重我了吗？没有。你在我的旁边想他念他，就是对我莫大的侮辱！

那么好吧，你要答应我不去公安局告发诺儿。

我不许你叫他叫得那么亲热。

你答应我。

好，只要你顺从我，什么我都答应你。告发了他也等于告发了你，我怎么舍得呢。

你说到做到，不能告发他。

好的好的，不要说那么多了，我都等不及了。

让我去一趟洗手间。

去吧去吧，你别想溜，房门已经被我锁上了。

等了好久，不见沫儿再回来，周自恒去洗手间敲门，没有反应，拉一拉门把手，发现根本没锁，推门一看，沫儿不见踪影，到处找，没有。只听见楼下闹哄哄的，说死人了，跑下去，沫儿血肉模糊地躺在那里昏

刹那一光年

迷不醒。送到医院，已经断气。

想到当时的场景，我心如刀割，说不出一句话来，看着周自恒我气得发抖。沫儿你不值得为了我这个人死，我误会你了，我那么不相信你，我不是人！

怎么？很心痛是不是？我就喜欢看到你这副表情。爽，哈哈哈哈。

你变态。

你再骂也没用，可惜你再也见不到沫儿，她死了。

你不讲信用。

对，我不讲信用，我卑鄙小人，可是你们的下场比我惨多了，你骂啊，你越骂我越痛快。甚至，我还想打你两巴掌。

周自恒举起手，被警察拉住了，将他带了出去。他临走前回头看我，笑。等他转过了头，我终于泪如雨下。

沫儿，我也要死，我会追随你而去的。等我。

25

爸爸妈妈来了，彩彩来了。爸爸妈妈都哭了，他们都老了。隔着铁栏杆，我还是看到了他们的皱纹他们的泪水和他们的悲凉。

爸爸妈妈的第一句话是，还活着就好。看到他们，我没有话说，惭愧。能说什么呢？也许仅对不起而已，不过这句对不起的分量却不是文字可以形容的。到了这个时候才深刻地感受到了文字的苍白无力，无法形容。可是他们的出现又让我没了去死的勇气。我责怪自己的优柔寡断，沫儿，原谅我。就让我在这个世界再多呆一会儿，算是为了爸爸妈妈。

彩彩说，我为表哥所做的一切向你道歉。沫儿是我的好朋友，我也难过，我也内疚，我一辈子都忘不了自己的过错。

※ ※ ※

经过特别批准，我随同一批考古专家在警察的陪同下，踏入始皇陵的境地。我脚底直冒冷汗，只觉得一股阴森森的凉气由下而上地蔓延，侵蚀着整个身体。我不禁打个寒战。而爸爸就不同了，他的热血沸腾和我的胆战心惊形成强烈的对比。空旷的原野里，荒芜的黄土上，仅仅有这样几个人，仿佛天地间只有这几个人，面对时间和历史。

"七雄合一"嵌入凹槽内。轰隆隆的巨响，有如太阳直射进眼睛一般的刺眼光芒，急剧对流的空气，使我从心底感到一种震撼。是秦王的怒吼，是天庭中众神的咆哮，亦或是自己内心的声音？不知道不知道。我牢牢抓住父亲的手，像是抓住了生命中唯一的安慰。

墓门缓缓打开。

里面是另一个世界。

刹那一光年

　　迎面而立一块精雕细刻的石牌，上书"阿房宫"三个赤色大字，气势不凡。原来传说中的阿房宫就是秦陵的名字。再往里是一个完完整整的大殿，雕栏玉砌，华丽精美。大殿正中央一行台阶通向高高在上的宝座，金光灿灿。爸爸凭多年的研究经验认为，墓门里面绝对不止这一个大殿，可是机关究竟在哪里，他不知道。

　　我不知踩到了什么，突然间，宝座发出咯啦咯啦的声响并开始逆时针转动，它的后面打开左中右三扇门，左边是很深的一个广场，排着无数彩装兵马俑，盔甲的细纹和颜色都清晰明了。战马战车让人产生一种奔腾不息的错觉，好像前方真的有千军万马滚滚地卷着尘埃呼啸而来，一眼望不到尽头。右边是成群的牛、羊、马和麒麟，形成一个一个整齐的方阵，看来秦国果然富强。而正中间，赫然是始皇的石棺。

　　大家激动地迈上一步，可是石棺打开，所有的人都惊呆了。

　　里面只有一部厚厚的竹简。

　　其中写的东西更是惊世骇俗（翻译成现代文如下）：

　　真不知道有没有人能够看到这册书，如果可以，真相就得以昭雪了。我相信终会有这么一天，只是希望不要在太久以后。我并不想被厚葬在精心设计的礼节规矩一大堆的俗气陵墓中，所以让赵高带了个长得比较像我的人在群臣面前装个样子，到晚上掉包。我并没有什么重病，写这些东西的时候，还健在呢。我去东海找铸剑双璧说说话，他们两个人是干将莫邪的后代，很好的人，比朝中一切所谓忠臣都干净。

　　其实后人不知道，在我们这个朝代，史官才是最至高无上的，君王都要让着史官。我运气不好，那个臭脸史官活得太久，笔在他的手里，所以很没有办法。他嫉妒仲父的才能，看他不顺眼，而我跟仲父关系又太好，我们俩明里暗里地跟他斗，他斗不过我们就很不道德地发挥他史官的假公济私，编造历史。虽然他还是一个良心尚存的人，不是一点功绩都不给我留，重大事件如统一天下、统一货币、统一度量衡之类的还是写进去了，但我仍然很佩服他的想象力，竟也能平白无故编出那么多"史实"。

子楚实际上长得蛮帅，不过他是个弱智，所以称"异人"。华阳认这个干儿子不是真的被仲父说的道理折服了，而是因为华阳喜欢仲父。女人见到自己喜欢的男人就立即变傻，言听计从，不经过大脑思考，这是亘古不变的真理。

安国君宠爱华阳，看到华阳就立即变傻，批准了这个太子。子楚一个弱智即位也并没有招来很多的反对，大臣们热爱的是秦国这片国土，效忠的是天下苍生，所以哪个姓氏来统治对他们来说并无大碍，何况仲父的野心也只到丞相为止了。仲父的文韬武略和子楚的反衬使大臣们更加拥戴他，来完成大家共同的目标——让秦国的潮水淹没整个中国。

我小时候不明白，为什么母后平常在家都跟个怨妇似的，仲父一来就打扮得漂漂亮亮，对着镜子照啊照。后来我知道他们两个与华阳和仲父好像是一回事。我就特别不理解母后一个女人怎么可以有两个夫君，却特别羡慕仲父，和他有关系的两个女人都是倾国倾城绝色无双。于是我明白了母后为什么让我叫他仲父。对于这个称呼我耿耿于怀了很久，

刹那一光年

凭什么里面有一个"父"字，我是子楚的儿子，就算爹是个弱智我也认。可丞相他不是。他和母后的暧昧关系让我莫名地气愤。后来有一天，我到母后宫里去请安，在门外听到他们的对话。仲父说："子楚他快不行了，一定要忍耐，千万不要功亏一篑。几十年来血雨腥风出生入死的折腾，不就是为了我们的政儿能登上王位么。"母后哭了，她说："夫君，我恨你，但我会按你说的去做。"我就全明白了。不过对他的态度突然改变面子上挂不住，只好慢慢来，也花了我不少脑筋。当时世人都说我的身世是千古之谜，其实没什么好谜的，我就是仲父生的。至于史书上说的我和仲父关系不好，是极不全面的。说我逐他回封地啦，逼他去死啦，纯粹是一派胡言。子楚死后我们一家三口很幸福，谁说生在帝王之家就没有天伦之乐了，我们一起经历了很多风风雨雨，生逢乱世，自然更珍惜彼此。世上最浪漫的三个字不是"我爱你"，而是"在一起"。

仲父真是个很好的人，虽说吞并六国统一天下是在我执政期间完成的，但老实说功劳在仲父。他一直教我，天下非一人之天下，而是万民之天下。不能因为自己是一国之君就自高自大，更不能因此而为所欲为。不管是谁当权谁理政，只要使国泰民安风调雨顺，百姓就拥戴他尊敬他。就像他自己，自安国君沉迷酒色到子楚弱智低能，秦国的国君无一能担起兴秦之霸业的重任的，他理应起个过渡作用，最后由我来完成它。其实随便体内流着哪个姓氏的血，整个中华民族都是同一个祖先，都是血脉相连，这无所谓。

而我，并不是像史书中写得那么难看，也不是个暴君。平心而论，真的不是，根本不是。我从来不会对人用刑，并且见不得血。在赵国的时候别人打我和母后，我知道疼，所以我不会这样去对待我的子民。修长城不是我的主意，我挺懒的，容易满足现状，既然都过得去，何必再大费周折地追求完美呢。阿房宫和陵墓是一回事，那更不是我的主意，我向往闲云野鹤的生活，就像最后如愿的那样住在没人知道的小岛上清净地过一辈子。都说好人有好报，确实如此。很多国家的义士来刺杀我都没有成功，我命大。

一切的闹剧，所谓焚书坑儒、阿房女之类都是子虚乌有。

看到这里，我觉得冷，我不像爸爸那么习惯陵墓中潮湿的空气。我们带着这部竹简出了王陵。我走着，想着。不知怎的，脑子里突然现出一个念头，历史和科学一样，也许，有很多我们所坚信的大家所公认的东西仍然不是真理。

※ ※ ※

由于年龄未满18，尚是学生，且将遗失的国宝追回，所以劳动教养。天哪，这叫我情何以堪！为什么，真希望给我判个死刑，这样我就可以去和沫儿重逢。不，也许，我是下地狱的人，而沫儿此时已经在天堂了。但是我相信，人不能相聚，魂终能重逢。天上地下，奈何桥边，就不信

刹那一光年

没有两个痴魂的相聚之处。诺儿和晓月因为战争被迫分开。我知道他们有多痛苦，我真的知道，因为诺儿的痛苦就是我的痛苦。还有，爸爸妈妈和沫儿，我真的对不起他们。我多么希望可以代替爸爸妈妈痛苦，代替沫儿去死，反正都是我的错，何不所有伤痛都让我来背……

爸爸妈妈说，诺儿啊，好好地表现，早点回家。

后记

这天，史官正在家里记载着关于御使陈诺的这一段历史，一抬头吓了一跳。一个披头散发的老头儿赫然站在面前，手中拿着一个酒葫芦，看不清脸，只看见他的眼帘半搭着像是在梦游。史官对这个老头儿没什么好感，何况自己刚才正沉浸在那段惊心动魄的回忆里，猛地被拉回现实来，很不习惯。

于是他问，你怎么进来的？门口的人没有拦你吗？要讨饭到膳房去要点就快走吧，我正在办公事呢。

老头儿什么话都不说，走到史官面前坐下，悠闲自得地喝起酒来。

史官拿他实在没有办法，就说，那好吧，本老爷亲自去给你弄饭来吃，行了吧？坐在这里别动啊。喊，泼皮也……

等到史官走了之后，老头儿缓缓地站起身，把酒葫芦倒过来，滴出几滴酒在史官的记录册上。随后转身就不见了。

史官急火火地跑进来，嘴里叫着，来了来了，你啊，吃了东西就走吧……这才发现老头儿已经不见了，门半开着。于是他赶紧把饭菜放一边，去看桌上的竹简，发现还在，松了一口气，准备继续工作，惊讶地发现，本来刻的那些字都没有了，竹简像从未用过的新的一样。再翻前面，凡是牵涉到陈诺的记载，都消失了。他环顾四周，桌上留了一束用红丝线束好的头发。史官似乎是悟到了什么，对着门跪下，拜了三拜。

刹
那
一
光
年

M-ZONE人的疯狂之念

一直以来，我心底深藏着一个几近疯狂的念头：希望爸爸妈妈离婚。虽然他们恩恩爱爱到"如胶似漆"，但是我想要两个爸爸两个妈妈。其实我也不是要有更多的家长来管我，我只是希望爸爸妈妈离婚后能够重新组织家庭，这样就可以带给我哥哥姐姐或者弟弟妹妹。可是他们实在没有离婚的可能性。即便如此，我还是固执着我的想法。

同 桌

我同桌的父母就是离婚的。她平时与妈妈生活在一起，周末到爸爸那里去住。妈妈又嫁了一个男人，那个男人也带了一个小孩，比她大一岁，四口人住在市中心。爸爸也娶了一个新的妻子，他们生下了个妹妹，三口人住在市郊。我的同桌常常跟我说起她和她姐姐的事情。有好几次我们找她玩她都因为跟姐姐讲好了一起出去玩而不能去。每次考试成绩

第七届全国新概念作文大奖赛获奖作品（初赛）

出来她总是先发短消息给姐姐，而姐姐也会告诉她自己的考试成绩。两个人相互抱怨考得不好的科目并商量着回去之后怎么跟父母交代。上课遇到我们两个都搞不懂的地方她就会说："等我回去问问我姐，明天告诉你。"同桌带来过她与姐姐的照片，大家看了都很羡慕。有一个姐姐陪伴，真的是件幸福的事情。

而同桌的妹妹刚刚两岁左右。有一次我们把老师恨得咬牙切齿之后，我说起毕业了以后要去山区支教，也给自己的学生布置一大堆的作业然后批个"阅"字。她很不以为然，因为她去爸爸那里时，就帮着带妹妹，教她说话走路读书，尝够了当"老师"的滋味。每次我打电话到她爸爸家去，总会听到有小孩儿稚嫩的哭声。聊天时同桌也会说起，她妹妹会咬人，还会口齿很不清楚地叫"姐姐"……说起同桌可爱的妹妹来，好玩的事情总是一箩筐，她的神情总是眉飞色舞，让我好生羡慕。

我的父母什么时候能离婚再结婚，带给我一个GGJJ或者DDMM。

窗　帘

人应当活在族群中渐渐成长。我们同龄的族群呢？

想起那个漫长的"暑假"，我的眼前又浮现出我家对面人家那浅黄色的窗帘。

清晨，父母离开家时"砰"地关门声是我暑假起床的闹钟。独自起床独自刷牙洗脸独自吃父母早已为我准备好的早饭独自看父母留下的写着一天任务的条子。什么都不缺,一个人守着一幢三层楼的别墅。有时候我会迅速到窗口目送他们的汽车开走,爸爸和妈妈两个人双宿双飞似的坐在里面。汽车的排气管放出一团淡灰色的烟,无声无息地离开我的视线。

不知什么时候,我养成了边喝牛奶边站在窗前看外面的习惯。渐渐发现一个规律:对面人家的窗帘拉上,代表他们家没有人;窗帘拉开,代表他们全家都在;只有客厅的窗帘拉开,代表只有一个与我差不多大的女孩在家。不知为什么,从我发现这个规律的那天起,我就每天盼望那浅黄色的窗帘是拉开着的,起码是客厅。

我一直都特别羡慕那女孩,她不经常在家,给我感觉她过得很充实。即便是一个人在家,也从不像我那样无所事事。而我,即便出去也是补课,来来去去一个人。

一个偶然的机会,我与那个女孩认识了。

我问她,你平时一个人在家都干些什么?

无聊呗。不过我特别羡慕你,你好像不经常在家,给我感觉你过得很充实。即便是一个人在家,也从不像我那样无所事事。而我,即便出去也是上钢琴课,来来去去一个人。

我愣了一下,喃喃道,原来我们都一样。

然后我们就聊起来:

总觉得整个小区只有我在家。

每次看到你家有人我就特别高兴。

我喜欢把音乐调到最大声。

我喜欢让狗狗一直呆在我身边。

我怕黑。

我怕孤独。

……

那次以后，我依旧站在窗前看她家的窗帘，告诉自己此时此刻有一个女孩和我一样孤独，祈祷上帝拉开我心上的窗帘，拉开每个孤独孩子心上的窗帘。

那天我在心里策划一个荒唐的阴谋，我要让爸妈离婚，然后像我的同桌那样拥有兄弟姐妹，从此不再寂寞。

电 话

为什么我会无缘无故接到一千个一万个毫无内容的电话。

总是接到一些很愚蠢的电话，打来的是同一个人同一种声音，那个咸蛋，每次讲的话都基本相同，好像格式化了一样：

喂？

是我。早上（下午、晚上）好。

？？

再见。

？？？？？？？

刹那一光年

嘟——嘟——嘟——

有一次是爸爸接到的电话。

你爸爸也在家啊?

是啊。

哦,再见。

爸爸说你们这个同学真奇怪,每一次打电话来都那么短。我说是啊,他又没什么事的。爸爸就更奇怪了——没事打什么电话?

我就告诉他,咸蛋的爸爸妈妈为了让他好好读书,把电视天线拔了带走,VCD借人,电脑设密码。他家里现在能用的电器只剩下冰箱、微波炉、电灯和电话。于是他每天把电话簿里面的83个电话翻来覆去地打,只为了打发时间。爸爸笑了,他说你们这个同学真有意思。我没有笑。因为我知道,我已经养成等他电话的习惯了,一样的,想和人家说说话,证明有人与我同在。

有一次寒假期间的返校,咸蛋受到了各科老师的一致表扬,说他是唯一一个作业已经全部做完的人。后来和他一起回家,一路上两个人都没什么话。也许是习惯了平时3秒钟的电话吧。我心想咸蛋望子成龙的爸爸果然成功了。一抬头,突然发现咸蛋已非昔日那个在大雨里肆无忌惮地奔跑,大吼"我是咸蛋超人! 见义勇为,法力无边"的咸蛋了,实在有点儿变味。我便问他,你还是咸蛋超人吗? 见义勇为,法力无边?他无语。

脑子里显出他刚才上课的样子来:弯着背把头埋在书堆里,旁人只见得到一头"草"。虽受了久违的表扬，还是有点颓废。是不是习惯了孤独的人，感受不到四周的人来人往。而我，又何尝不是。

我又想起了同桌，现在她应该已经和她姐姐在麦当劳里了。都说离婚的家庭里孩子的性格会很孤僻。现在看来，似乎我和咸蛋比她更孤僻一些。我就自言自语地说，如果我父母也离婚那该多好。本以为咸蛋会作惊异状说，不要跟人家讲我认识你。没想到他的话匣子却突然打开了，他说，我们家隔壁一户里住两个小孩，他们两个都在我们学校读书。你知道么，他们就是父母离婚的，甲跟妈妈乙跟爸爸，然后甲的妈妈和乙的爸爸结婚了。他们天天一起上学一起放学一起打篮球一起逃掉礼拜六的课去网吧。我总听得到隔壁有哈哈大笑的声音。你知道么，那是什么滋味。在学校里也许我比他们风光，可是每次同时进电梯，他们两个人我一个人。

他说到这里没有再说下去，因为一切尽在不言中了。大家心里的感受都一样。想要爸爸妈妈离婚，不过是因为很想派生出几个兄弟姐妹来，以稀释我们的孤独。每次一个人在家，每次独自在黑夜的包围中思量，每次听同桌讲她和姐姐、妹妹的故事，我们就无法阻止自己的想法。虽然我们知道，父母离婚的孩子终究是不幸的，他们在大人的世界里周旋得很辛苦，我们所认为是理所当然的幸福在他们看来是遥不可及的，但是，我们更害怕长大以后逢年过节没有现在七大姑八大姨聚在一起的热闹，字典里面再也没有"舅舅"、"姨父"之类的词语。

现在民间也有很多传说，有的说只要双方都是独生子女就可以生两

刹那一光年

胎，有的说从2016年开始就要取消独生子女的政策。这些是不是真的，我不知道。也许是反应了像我这样孤独的小孩的心声，也许我们就是处于一个空前绝后的历史断层阶段。政策如果要改，就太好了，可惜我已经享受不到哥哥姐姐的热闹和温暖，只能天地一沙鸥了。

其实后来想想，不是每个父母离婚的人都会有像同桌这样美满的家庭，也并不是父母离婚了就可以有兄弟姐妹。我爸爸妈妈那么"如胶似漆"，我就姑且享受我的幸福生活吧。

后 记

上个星期二早上，同桌灰头土脸地进教室，然后整个上午一句话也没有。问她怎么了，老半天不肯说。我和另几个同学逼供了她一个中午，软硬兼施，几乎用刑了，她才吞吞吐吐道，我妈和那男人离婚了。

我的"长篇"暑期计划

自从得了个新概念作文一等奖,就常常有出版社或者报纸杂志约我写东西。一开始还挺新鲜的觉得特光荣,写文章的时候也感觉是在完成一个神圣的使命。可是渐渐地就感到力不从心了。我只是运气好偶尔得个奖而已,叫我一直有素材可写并要写得好还真挺难的。后来又遇到三家出版社叫我写长篇,当时我振振有词地说学习太紧张,等放了暑假我一定写。那时想,暑假,还遥远着呢,船到桥头自然直,到时候再说啦。并且有种假话说多了自己也会相信的味道,觉得到暑假说不定真有时间写呢。

结果暑假真的就来了,我不得不说一句平时特憎恶觉得特俗特老套的话:"时间过得飞快啊!"刚刚经过期末考试的洗礼,脑子还在方程堆里扎着,一看到书就烦。要论暑期计划,就只想一个人安安静静地坐着,什么也不想什么也不干,困了就昏昏沉沉地睡去,醒了就继续发呆,做

发表于《新民晚报》

我的白日梦。可惜我也知道这只不过是一种理想状态，永远不可能达到的。于是理智告诉我，另一场奋斗开始了。

其实我对自己能否鼓捣出一本长篇小说还真的很没信心。并非我不喜欢写作，只不过看写什么了。每次雄心壮志地铺开稿纸准备开写，最后也确是在奋笔疾书，不过是写在日记本上。我总觉得写小说不是像写日记一样随心所欲。所以放了几天假，我的日记倒是写得比平常多出许多，小说却毫无动静。

于是我开始斤斤计较地算时间算字数。暑假里我每天要做作业，上暑期班，练琴，最不可或缺的就是——玩和休息。暑假嘛，总要让自己好过一点，开学了就是高二，苦海无边啊～～～高二的暑假就不是那么轻松的了，听说我们学校今年高二升高三的学哥学姐们现在已经开学了。综上所述，每天如果完成一千五百个字，则是有可行性的，再多？就……一个暑假下来，就是93000个字，一本小说那就成啦。问题在于，像我这样好吃懒做"严以律人宽以待己"的人是否能够坚持，这就是郁闷所在。凭我对自己的了解，难度系数还是比较高的。

长篇啊长篇，你在哪里！

吾活三世矣。一为美女，二为侠女，三为凡女。女女女，却道
是世世有精彩，世世有无奈；西施也罢，秋瑾也罢，我吴笛也罢，罢
罢罢，只不过醉人之痴语，闲人之梦呓。

完美这东东，自古难全。

我的前世今生

一

上帝第一次造我的时候，征求我的意见，我不假思索地回答要做美
女。于是我的前世的前世，是西施。

在我十六岁以前，我一直洋洋得意地庆幸着自己的选择。每次去河
边浣纱，总是有一大群小伙子围在身边，抢着要和我聊天。清晨的露珠
雨后的彩虹傍晚的火烧云还有村口脉脉的流水，那是洋溢着大自然美丽
和纯朴友谊的地方，是我的家乡。

直到遇见范蠡。范蠡啊范蠡。千年后每次我想起你，还是有点恨你，
如果那时候我们擦肩而过从来都不曾相识……可是没有。你看到了我。
随后那一段快乐的日子，是真的还是假的，我记不清了。快乐的最后是
你说你爱我，但是你要把我献给吴王。我根本不想告诉你我已经偷偷地
喜欢上了你。这样我可以走得更洒脱，更大义凛然，更像为国为民的样

刹那一光年

子。可是我终究还是说了。只因为那晚太温柔的月光和醉得太迷人的你。"为了你和你的越王，你的使命，你的责任。"

然后我开始学吴语，学喝酒，学跳舞。偶尔看到过勾践。那个丑八怪老头儿。原来，我就是一直在为他服务。

终于我到了吴宫并得了宠。我很不喜欢满脸油光光的伯嚭，可是伍相国又总是对我恨得咬牙切齿。在姑苏台上的群臣对我的态度分为明显的两派，其实说到底也就是伯嚭和子胥的对立，他们事事要争，天天要争。夫差被夹在中间，总是分不清是非对错。然后下了朝，在诸多嫔妃面前，又是另一副令人畏惧的样子，一显霸主本色。

如果说夫差是丈夫，那么他绝对是一个百般体贴万般温柔的好丈夫。他为我建造了馆娃宫、箭泾、180口井……可这并不是我提出的。总是我无意间透露的一个想法，他就立马让它变成现实。然而这在千年后变成了我迷惑君心的"功绩"。我无法为自己申诉，因为我答应过上帝不暴露自己曾是西施的身份。

老实地说，他当不好君王的。他可以做一个出色的将军，一名最勇敢的士兵。可是，他终究是习武之人，与伯嚭和伍相国这样的人勾心斗角，有些吃亏。事实告诉我，我猜对了。在无数次徘徊于两人之间后，他选择了伯嚭，好几次，我真的想告诉他："你错了，越国已经在闭门造车了，要小心。"可是我想到范蠡，想到勾践，想到村里的乡亲们，就把话咽了下去。于是子胥得到了属镂。他死得那么悲壮。没有人知道他自刎的那晚，我偷偷地哭了一整夜。为了夫差，为了吴国，也为了自己。

我清楚地知道夫差亡国的日子不远了。我的命运又将如浮萍般飘忽不定，变幻莫测。我也想起了勾践鹰隼般的眼神。深邃，阴冷，好像一把利剑，刹那间能把吴国的江山劈成两半。

然后，"范"字大旗密密地排在姑苏台附近。伯嚭献城，夫差自尽。吴国亡。我，茫然，悲伤，欣喜……百感交集。独自面对吴国军队伏尸百万，我是他们至高无上的西妃，我沉思着。

"我会用凯旋的战车迎接你回国，我要用尽我余生的温柔来将你淹没。"那是范蠡在我离开越国的最后一晚说的。

"我一生只有两大憾事。一是杀了伍相国，二是过去没有对你足够地好。"那是夫差临死前的话。

"越国人民会永远记住你。"那是勾践从他干巴巴的嘴中迸出的客套。

"哼！"那是子胥对我说的惟一一句话。

范蠡来了，他说我们又见面了。他说我们胜利了。他说我们走，去隐居。他说忘了夫差，别再为一段名义上的婚姻……我声嘶力竭地打断了他："名义上的婚姻？！可我偏信！我偏信！"我们吵了几天几夜。最后我还是妥协了。只因为他说了一句："只要你喜欢吃，我天天可以帮你做这样的菜。"认识他十几年，他的嘴中只有责任，义务，为国牺牲和爱我。第一次，他说了一句能让我感觉到自己还是女人的话，为了前三者，他牺牲了后者。而我所谓的牺牲，却是为了他。

于是我们去隐居了。终于活到老，都没有人找到。很多人都以为我

刹那一光年

死了。

　　我的一生便是这样。我的情人把我献给我的丈夫，我的丈夫被我的情人逼死，我又跟着我的情人去隐居。成者为王，败者为寇。越国胜，所以我是好女人。可是我自己清楚，像我这样的女人，就是在水性杨花和为国牺牲的分界线上站着。活得很累。虽说是拥有了让无数女人羡慕的美貌，这美貌却正是我的遭遇的导火线，让我为了两个国君的旧恨新仇牺牲了自我。我的一生，都是在为别人活着。

二

　　上帝又把我叫了去。你要当什么？我不想再像上一次那样让谁谁亡国。于是我选择了革命时代——一个拯救将亡之国的角色。"就让我真正地做一次为国为民的侠之大者吧。"上帝又让我如愿了——秋瑾。

　　父亲被调往湖南任厘金局总办的那天起，就注定了我这一生的不幸。

　　当父亲拿出王家作为聘礼的一对金手镯时，我便心如止水了。少女时代憧憬的轰轰烈烈的爱情灰飞烟灭。因为我处在这样一个动荡不安的时代，封建与自由的打拼，传统文化与西方文化的矛盾，使我更加希望拥有一次自己的选择。最后，我还是嫁去了王家。并不是因为我不敢争，不想争，而是想到这次是曾国藩保媒。这就关系到父亲以后的事业顺利与否的问题。父母从此以后可以不再为钱为生计为我烦恼了。我出嫁的那天父母为我准备了"十里红妆"。我哭了。这是家里所有的积蓄。

真不敢相信眼前这个不男不女的男人就是将要和我相伴一生的丈夫。"王子芳",这个名字就像是女人。看他满脸的淫笑和满身的肉膘,惨不忍睹。他是个很标准的纨绔子弟,整天吃喝玩乐,没见过他碰过一本书。我也好久没看书了,真是"一出江城百感生,论交谁可并汪伦。多情不若堤边柳,犹是依依远送人。"

王子芳对我也非常不重视,他认为一个女人就要讲究三从四德,服从男人,服侍男人,做一个贤妻良母。他的这种思想令我非常厌恶。在娘家的时候,性格懦弱的父亲和温柔体贴的母亲一向都是互相商量着做事的。日子久了,我对王子芳恨之入骨,暗暗下决心,一定要干出一番事业,将他比下去,让他刮目相看。眼下社会动乱,很多人都在寻求救国的道路,我不是正好可以加入他们吗?想来参加革命也是我多年的心愿,我实在是太想改造这个腐朽的民族了。

于是我找到了服部繁子小姐。我拜托她带我去东京。到了东京以后,我便找到了同盟会。说起同盟会,我就想到了孙文先生。初次见到孙先生的时候,我觉得他与他的文章一样,能激励人奋起革命。接触久了,我却发现孙先生骨子里隐藏着一种与父亲一样的懦弱。虽然他对革命的热情是任何人都比不上的。因为这样,孙先生做事情忽而非常冷静,忽而又失去理智,而且孙先生又太容易相信别人,以至于有很多次起义都失败。直到一百多年以后,也不曾有人提起孙先生这样的性格。难道他们都没有发现吗?尽管这样,我还是很敬重先生的。

刹那一光年

后来我被推为同盟会评议部评议员和浙江省主盟人。这就更加激励了我。同盟会里的人都被孙先生称为革命同志。我组织的"共爱会"中，我也让大家这么叫，大家对这个名字都充满了自豪感，共爱会中的同志都是女的，我很高兴有那么多与我一样的女同胞支持革命。我感到前景一片光明。

可是好景不长，清政府颁布了《取缔中国留学生规则》，星台兄①跳海自尽。无尽的悲伤涌上心头。没有人想得到，我暗恋陈天华。他的著作我在北京时就读过好几遍，对他崇敬之至。认识他后，更是无法控制自己。可是我终究没有告诉他，因为他是属于中国革命的。

我回到了绍兴，因为不想继续在日本触景伤情。我开始主持大通学堂。在东京的时候，我认识了徐锡麟，并参加了光复会。大通学堂也是徐兄他们创办的，都是光复会的同志们。可是我发现很多人都只会说不会做。如果打起仗来的话我们未必能赢。清政府毕竟有一些军队，况且义和团的残余力量也都是些不要命的。于是我又成立了体育会，进行军事操练。

一切准备就绪，徐兄在安庆起义，我们要在浙江响应。可是起义失败，徐兄被捕。我仍然记得徐兄在就义的时候是笑着的。他说因为他相信革命会成功的。

最后，大通学堂被围了，我跟徐兄一样被押上了刑场。无所谓。死，真的无所谓。至少活着的时候很充实，不像前世那样永远不知道明天会跟着哪个男人。而且我终于可以说我为国家作出了贡献，问心无愧地这样说——虽然起初的原因只是因为厌恶王子芳和他的大家庭。

我笑了，和徐兄一样，我相信革命会成功的。

一道闪亮的白光从眼前掠过，我听见从四面八方传来的呼喊。秋风秋雨愁煞人，愁的，只是我今生没有做一个女人。虽然侠气万丈，名垂青史，却没能拥有作为一个女人最基本的丈夫和孩子。身边优秀的男人无数，他们一个也不属于我。而孩子们见了我只会往奶妈后面躲。

三

第三次了。我说："要做一个平凡的人。越平凡越好。"

这是我的今生。是截然不同的时代。和大家一样，我是茫茫人海中的一分子，顶平凡顶平凡，甚至逃不掉中考，甚至大大小小的抽奖活动我没有一次得过奖，甚至电视新闻中拍到我经常走的那条路的镜头中从来不会有我。

按着父母设计的路线，幼儿园，小学，中学，我一丝不苟地走脚下的路。有时竟不知道是为了什么。初三以前我一直不清楚读书为了什么。后来知道是为了文凭。又越来越想不通文凭是为了什么。有人告诉我是为了找工作。可是，看看电视里的明星们，哪个有文凭啊？于是开始了心理极不平衡。为什么他们既能出风头又能赚大钱又不用读书呢？一个声音告诉我："你一生注定平凡，你惟有努力求得安稳的生活。"

进入高中，开始了新一轮的拼搏。总也做不完的作业，总也上不去

刹那一光年

的成绩，总也玩不够的电脑，造就了一颗无法释怀的心。他们说这叫叛逆。我想起了韩寒。初一时看了他的文章买了他的书，那时只把其当作无聊生活的一种调剂。现在自己亦到了这个年龄，再看，就觉得是知音了。不是叛逆，而是无奈。无所谓的外表后面藏着一种无边的无助。

多希望自己幸运一点，遇见一些奇特的事情，可以脱离苦海，改变人生！有时候也曾想，如果此时此刻就背上行囊离开学堂，去实现自己飞翔的梦想……不可能啊。我的心终究是平凡的，我无法放下很多东西，包括莫名其妙的似乎是理所当然的不容置疑的"读书"这个艰巨的任务。每天重复着每天，无聊至极，而又停不下来，这就是平凡限制了我的举动，梦想仍然是梦想，梦想永远只能是梦想。

原来这就是我所期待的"安逸"。以前总是把平凡和安逸划等号，现在才知道错了。今生，我既不会有第一次的命运坎坷，也不会有第二次的感情空白。可我依旧保持着那份无奈。人生就像是翘翘板，每选择一次，总会顾此失彼。

第一次选择让我无法面对良心，第二次选择让我无法面对家庭，第三次选择让我无法面对颓废的自己。上帝啊！有没有什么选择是完美的呢？

也许来世，我会选择……

①星台兄即陈天华，写过《猛回头》、《醒世钟》

我所不能抵达的世界

只有在梦里，我才能跨越时空，来到那个世界。那个世界有很多美好的东西，是我们现在所得不到的。

义

所谓舍生取义，古人是最讲义气的。荆轲刺秦失败，高渐离弄瞎自己的眼睛进入秦宫为好友报仇，在黑暗中击了三年筑，最后的时刻念念不忘的仍是"荆兄"。伍子胥逃亡路上遇到的两个救命恩人都为了表明不会泄密而自刎。夫差死后西施跳湖自尽，貂禅不愿再投曹操伏剑身亡，虞姬生生死死跟着项羽为之付出生命。士为知己者死，更为救己者死，这便是义。那是人与人之间最真诚的情感，最高尚、最庄严、最圣洁。然而现在，淡了。再好的朋友不能在一起工作。因为一旦出现利益纠纷，就将所有的友谊一笔勾销。貂禅当年的壮举也不再有人重演，谁会放着曹操那里的荣华富贵不要而傻兮兮地去死呢。冰冷的机器取代了人与人

刹那一光年

之间的热情，所以世界越变越冷。

计

古人打仗用的是计。那是智慧与智慧的对话，使人心服口服，胜得也货真价实。孙子的三十六计不光可以用于打仗，在其他方面也不无道理。然而现在世界的战争，不打就可以知道谁会赢。不用计谋。只用武器。一颗原子弹扔下去，容不得有挣扎的余地，就一切灰飞烟灭了。越来越先进的科学造就了美国人的霸道，联合国也不敢指责。并不是美国的军师有过人的智慧，而仅仅因为它的武器。这是不公平的。虽然国际社会规定不能使用核武器，可是谁能保证美国真的不会用核武器。谁能制止它的行为呢？再聪明的人抵挡不了炮弹。人会越来越没用，不动脑筋，越变越笨。这能去怪谁呢？智慧没有用了，谁会去追求？

帝

我欣赏中国古代的皇帝。那一身霸气和威武，君临天下，乾坤独断，荡气回肠。那是一幅静止的画面，象征着中国曾经的辉煌。甚至，高处不胜寒是一种美，孤宫深院锁清秋是一种美，皇袍皇冠背后的暗自叹息亦是一种美。

好的皇帝自然令人崇敬和爱戴。坏的皇帝却也令我喜爱。我相信每个背负骂名的皇帝背后都有令人心酸的苦楚，都是无奈和无助。崇祯是使明朝亡国的皇帝，可是谁都理解他有志难酬；李煜是使南唐亡国的皇帝，可是谁都理解他错爱了文学；秦二世是断送了他父亲好不容易打下的江山，可是谁能理解他的身边大臣不容他有动弹的余地……我欣赏他们能与国家共同战斗到最后一刻的毅力和勇气，至少他们面对了。失败，并不可耻。

礼

中国是礼仪之邦，重视礼仪。早在春秋时期，孔子、孟子等就已经开始注重。《礼记》虽不是通篇讲礼，可也是讲述了很多关于礼的道理。古人讲话都文绉绉的，虽说有时不很通俗，可是我认为是很好听的，至少有礼貌。可是现在的人讲起话来就不一样了。动不动就溜出一句"国骂"，还不屑一顾——这有什么，大家都这样。于是我没话可说了。我并不是很不合群的人，只是希望大家都永远铭记着老祖宗传下来的美德。

孝道也是礼中一部分。古代不是有规矩为父母守孝三年吗？孝子孝女的例子也举不胜举。现在这样的"孝"也是越发难找了。父母家里都不常去的人是大多数，甚至连电话都不常打一个。去世后的亲人也是逢清明了才去一次。养育之恩是人世间最大的恩惠，很多人在亲情友情爱情的排名时都将亲情排在最后。这是悲哀。

刹
那
一
光
年

艺

艺术是美的表现。古时候的乐器和书画风格不同，内容不同，形式不同，但有一样是相同的。那就是整个艺术品的气氛。总是带一点淡淡的忧伤和哀怨，总是灰灰的、暗暗的。给人看过之后不由自主地想起中国漫长的历史。那些尘土飞扬的道路旁，有人偷偷地流泪；那些看似风花雪月的亭台楼阁上，思妇在倚栏远望；那些战火纷飞的沙场上，年年白骨埋荒外。拨开尘土，打开历史沉重的枷锁，透过缤纷的世事穿过漫长的时光，你会在这些作品中看到两千年前的中国。纯朴美丽，智慧而又不张扬，没有外人打扰的中国。月亮很清净的夜晚，悠悠的笛声丝丝的琵琶，清泉石上流，夜静春山空。

仍然是这轮月亮，照亮的世界却改变了许多。沧海桑田，无法挽回。留下这些经典之作作为鉴证和启迪。可是为什么他们很寂寞。

诗

诗是文学的一种。在古代的文学著作中，诗是我最喜欢的文体。微言大义。我更欣赏诗人。很多诗人到处游览，踏遍祖国的山山水水，寻找古人的痕迹。寻找自然的奥秘，寻找自己心中的桃花源。我喜欢文人墨客那种清高和孤傲。他们很随性、很真实、很可爱。于是，写诗可以使他们发泄心中对世事的不满对未来的憧憬对过去的留恋对事物的探索。

另外，诗的平仄、押韵、对仗等都很有讲究。这更使诗有了丰富的内涵后又加上华丽的外表，显得更加完美。

可是我看到了诗的没落。网上铺天盖地的搞笑，把经典诗改得乱七八糟博人一笑。现在也不再有人写古体诗，不再有人在工作之余有兴致去寻古。不只诗，文学也在退步。文理分科的时候明显理科人多，因为"学文科赚不到钱"。很多人明明喜欢文学，却被迫选理。真的很无奈，这是一个恶性循环。越是没人要文学，文学就越没落；文学越没落，就越是没人要学。

也许这是历史必须经过的过程，我所能做的也只是痛心和惋惜。

THE END

我所不能抵达的世界，便是二千年前的中国。古代中国，我非常非常喜欢那个世界。然而时间总是在向前跑，很多东西注定要随着时代的发展而变化。因为物竞天择，适者生存。

我只是希望，有些东西，不要改变。

《刹那一光年》 故事（插图）接龙总动员

征集令

对《刹那一光年》的结局不满意吗？

@ 如果晓月公主没有死，诺儿发现她出现在现代呢？

@ 如果沫儿没有死呢？

@ 如果……

你是否做过穿梭时空的梦？你是否曾"梦回秦朝"？

想给男女主人公更完美的结局吗？想展现自己的写作风采吗？

想和吴笛一起去秦陵"寻梦"吗？

快来参加2005年最劲、最酷的故事接龙活动！

不要犹豫了，马上展开热烈的讨论，放飞你的想象，好玩又过瘾，还能获奖哦！

参赛资格和途径

▲ 任何阅读《刹那一光年》，喜欢吴笛的读者都可以参加。故事接龙体裁为小说，字数不限，主题为《刹那一光年》的情节改写和结局。

▲ 将您的接龙故事发送至 chanayiguangnian@126.com（请注明"故事接龙"，直接粘贴，勿发附件。）

▲ 将您的接龙故事邮寄至：

北京市复兴路4号当代世界出版社　高老师／收　邮政编码：100860

▲ 征文截止日期：2005年12月31日（以当地邮戳为准）

奖励办法

一等奖	3名	手机一部	QQ公仔两个
二等奖	4名	电子词典一部	QQ公仔两个
三等奖	5名	mp3一部	QQ公仔两个

所有参赛作品均有机会结集出版，并获得吴笛新作一本。

特别提示：所有参赛作品均要求原创，若发现抄袭行为，将取消其参赛资格。

更多惊喜等着你，快来参加吧！！！！ 　活动细则及最新消息敬请留意 Book.qq.com

（最终解释权归当代世界出版社所有）